透过窗户,我便看见大秦岭

李永刚 著

陕西新华出版
太白文艺出版社·西安

图书在版编目（CIP）数据

透过窗户，我便看见大秦岭 / 李永刚著. -- 西安：太白文艺出版社，2023.6
ISBN 978-7-5513-2363-5

Ⅰ. ①透… Ⅱ. ①李… Ⅲ. ①诗集－中国－当代 Ⅳ. ①I227

中国国家版本馆CIP数据核字（2023）第086029号

透过窗户，我便看见大秦岭
TOUGUO CHUANGHU, WO BIAN KANJIAN DA QINLING

作　　者	李永刚
责任编辑	党晓绒
封面题字	王其祎
封面绘画	任羽辰
装帧设计	任羽辰
出版发行	太白文艺出版社
经　　销	新华书店
印　　刷	西安永固印务有限责任公司
开　　本	787mm×1092mm 1/16
字　　数	228千字
印　　张	24.5
版　　次	2023年6月第1版
印　　次	2023年6月第1次印刷
书　　号	ISBN 978-7-5513-2363-5
定　　价	69.00元

版权所有　翻印必究
如有印装质量问题，可寄出版社印制部调换
联系电话：029-81206800
出版社地址：西安市曲江新区登高路1388号（邮编：710061）
营销中心电话：029-87277748　029-87217872

◎序　言

一腔诗情　放歌时代

商子秦

诗歌是文学宝库中的瑰宝，每个时代都会诞生凝聚这个时代精神的诗歌，也会涌现属于这个时代的代表性诗人。进入新时代，中国的诗歌出现了新的蓬勃生机：群众性的诗歌朗诵活动让大家对诗歌的兴趣更浓厚，众多古今经典诗歌经过朗诵而得以广泛传播；一大批诗人诗海弄潮，以饱满的激情勤奋笔耕，奉献出众多弘扬时代精神、讴歌人民的优秀诗作。这些诗作受到了人民群众的喜爱，成为新时代诗坛的最强音。李永刚，就是这一时期陕西诗歌创作的"领唱者"。

李永刚的诗歌创作起步于20世纪80年代初期。他在煤矿系统工作了三十年，丰富的人生阅历、深厚的生活积淀、成熟的思想境界、近四十年持续不断的写作经历，造就了他诗歌创作的突破和升华。在"钢铁"这一意象的冲击和召唤下，李永刚的灵感喷涌而出，近四十首以钢铁为主题的诗作集中问世，为他赢得了"钢铁诗人"的桂冠和"陕西省职工艺术家"的称号。

走进新时代，李永刚迎来了自己诗歌创作的"黄金季"。作为一名诗人，日新月异的现实给他带来巨大的心灵冲击。此后，李永刚创作的一首又一首新作，激荡在大型朗诵会现场、被收入重要诗集，使他实现了从陕西诗人群体中的一员到"领唱者"的华丽转变。新时代、新征程成就了诗人李永刚，而李永刚也用自己的一腔诗情，为时代和人民放歌。

李永刚的诗歌创作有着鲜明的特点。

他的诗歌创作紧贴时代脉搏，倾情讴歌新时代。在建党百年之际，他创作了长篇抒情诗《深情回望百年路》，以不同时期的代表性人物和事件为内容，展现党的百年奋斗历程，歌颂伟大建党精神。2021年7月1日，李永刚看完庆祝中国共产党成立一百周年大会直播后创作的《今天，这些词语让我浮想联翩》，同样激情澎湃、气势磅礴，具有强烈的感染力。

李永刚的诗歌创作彰显时代风采，倾情礼赞新时代。《透过窗户，我便看见大秦岭》全方位展现了秦岭和合南北、泽被天下的壮美山魂水韵；《向奋进的陕煤人致敬》歌颂了陕煤人为国家能源事业、为凝聚中国力量做出的重大贡献。

2020年，全国上下、万众一心抗击新冠肺炎疫情的景象，极大地激发起李永刚的创作热情。他先后创作出散文诗《2020，我会把这个春天深深铭记》《武汉，祖国和你在一起》《西安，我是爱您的市民》《我用诗记下抗疫的情景》。后来，这些诗作被制作成视频朗诵作品在"学习强国"平台上推出，播放量达十多万次。

聚焦时代英雄，是李永刚诗歌创作的又一特点。悼念凉山消防英雄群体的朗诵诗《英雄，是这个春天的主题》，深情表达对消防英雄的怀念和敬仰，感情真挚，动人心魄；《我是您的一株稻子》，深切怀念"杂交水稻之父"袁隆平，引起了众多读者和听众的共鸣；抒情组诗《礼赞劳动》《歌唱劳动》，用深情的诗行描绘出奋战在不同岗位上的普通劳动者的身影，拨动了无数普通劳动者的心弦。李永刚在另一首长篇叙事诗《一个矿井的记忆》中，以质朴的诗行勾勒出一系列矿山中的普通劳动者的形象，包括掘进工、司炉工、看门人以及给矿灯充电的女工等人，用真实的矿山人物写真定格了曾经的时代印记。

中国新诗有着多年的优良传承。陕西是中国新诗的一方重镇，从延安走来的老一辈诗人柯仲平、戈壁舟、胡征、魏钢焰等人，用他们的经典作品展示了诗

目 录

第 1 辑 颂 我赤心而颂

透过窗户，我便看见大秦岭	003
春天里的中国	016
人民	021
一次年轻人的会议	
——参观中共一大会址有感	028
八十年前，那个初夏的风	
——纪念毛泽东《在延安文艺座谈会上的讲话》发表80周年	035
献礼	
——写在中国共产党第二十次全国代表大会召开之际	041
信仰	046
初心	049
祖国	053
红色照金，我仰望和凝神	059
郝家桥的天空	066

我很在意这个秋天
　　——写在中华人民共和国成立七十周年之际　　072

我想跟"天宫二号"说句话　　078

祖国是我们心中的神圣
　　——写在"神舟十二号"载人飞船发射成功之际　　082

感谢时代
　　——写在庆祝改革开放四十周年之际　　089

纯真的全红婵　　102

第2辑 念 我俯首而念

这些温暖而骄傲的名字
　　——写在中华人民共和国成立七十周年之际　　109

英雄，是这个春天的主题
　　——悼念大凉山木里森林大火中牺牲的英烈　　125

我为这一幕又一幕深深感动
　　——写在重庆山林火灾扑灭之际　　130

痛悼"中国杂交水稻之父"袁隆平　　137

我是您的一株稻子　　143

屈原　　148

清明时节　　153

祈祷
——献给"3·21"空难罹难同胞　157

宝鸡二题　160

第 3 辑　歌　我仰天而歌

歌唱劳动　165

礼赞劳动　175

描写春天是不大容易的事情　182

春到人间　191

秋天　197

这就是春天　201

春天的雨水　206

与春天撞了个满怀　213

花儿总是开得参差不齐　216

写给春天的燕子　221

芒种时节　225

下起了大雪　229

下雪的时候　233

雪中遐想　237

今日大雪
——写在 2020 年"大雪"节气之日　241
春天，在南山下看望一片麦子　248

第 4 辑 咏 我长歌而咏

中秋的月，有我的思念和遐想　255
今夜看不见月亮　260
我的诗句在月光里飞扬　263
冬日暖阳　265
今天是七夕　267
立秋　269
歌声就是你　272
月亮下，我愿一无所有　276
春天来了，我在怀念秋　282
品味颜色　285
被诗温暖的冬夜　293
迎接春天　297
你是美丽的骑手　304
最幸福的事情　306
最好的想法就是写首诗　309

春天送你一首诗	
——写在3月21日"世界诗歌日"	313
北戴河组诗	316

第5辑 吟 我畅怀而吟

2017，我有一个梦想	327
2019年第一场春雨	333
2020，我们共同祝愿	336
2020，这一年	340
2021，我们共同经历	347
喜欢这些不起眼的东西	354
我们和岁月不说再见	361
新的一天，就是春天	363
春天，是忘我的季节	368

后记	373

透过窗户，
我便看见大秦岭

第1辑·颂　我赤心而颂

1

透过窗户

我便看见大秦岭

迤逦中起伏

欢快中跃动

蜿蜒中曲折

沉稳中守静

层峦叠嶂中

秀美

穿云破雾中

奔腾

它是少女般

绰约和温情

又是男人般

健壮与威猛

神奇的大秦岭啊
你温文尔雅
你郁郁葱葱
你有多少云雾缭绕
你有多少雨意蒙蒙
你有多少白雪皑皑
你有多少鸟语声声
雄伟的大秦岭啊
你气势磅礴
你陡峭茂盛
你是万山之本
你是万石之峰
你是横亘在中华大地上的
一条巨蟒
你是盘卧在华夏祖脉上的
一条巨龙

2

透过窗户

第 1 辑 · 颂

我赤心而颂

我便看见大秦岭

巍巍峰峦

云雾蒙蒙

春夏秋冬

气定神闲

不管风吹草动

你亿万年持守

山的沉稳与安宁

只与云天言语

只与大地通灵

让悟道的悟道

让守静的守静

让祈福的祈福

让修行的修行

你把一岭接着一岭的葱茏

给了万物生灵

你把一山连着一山的清气

给了芸芸众生

泥土不语

石头不动

只有清冽的水

从远古而来

顺着一道又一道

美丽的峪口

向外奔涌

温润无比的卵石

与清亮亮的河水

耳鬓厮磨

相伴相生

见惯亿万年的世态

越过亿万年的行程

遍尝亿万年的凄苦

积淀亿万年的沉静

只留下没有半点浮尘的

鸟语花香

水流清清

只留下没有一丝虚妄的

乔木灌木

蝴蝶蜜蜂

只留下没有一丁点矫情的

云蒸霞蔚

百态生灵

美丽的朱鹮

美丽着她的羽毛和眼睛

憨态的熊猫

憨态着他的憨态和笨萌

雄壮的羚牛

雄壮着他的雄壮与威猛

机灵的金丝猴

机灵着他的漂亮和机灵

这一切

足以让我们折服

足以让我们惭愧和渺小

足以让我们把五颜六色的欲望和心思

淘洗得

干干净净

3

透过窗户

我便看见大秦岭

与人类相伴的朋友
隐没在大秦岭的
乔木与灌木里
尽享着各自的安宁

大秦岭啊
你就是万物生生死死的
神圣领地
是超越繁华的繁华
是胜过宁静的宁静
你把一草一物
滋养成天然的珍宝
你把日出日落
造化成绮丽的风景

4
透过窗户
我便看见大秦岭
他从远古而来
在条条古道中穿行
幽幽蓝武道

第 1 辑·颂

我赤心而颂

能听到历史的回声

坎坎子午道

消失了汉高祖的行踪

弯弯骆谷道

遗落了三国的纷争

悠悠褒斜道

隐没了夏禹的身影

曲曲陈仓道

留下了明修与暗度的

智慧与精明

几千年

金戈铁马

箭矢弩弓

猎猎旌旗

战鼓雷鸣

大秦岭迎风冒雪

穿越历史的寒冷

经受了太多的鼓角铮鸣

他依旧是他

一切随烟尘而去

只留下郁郁葱葱

只留下沉稳厚重

5

透过窗户

我便看见大秦岭

我会想起那些属于秦岭的

动人的名称

那些熟悉和不熟悉的

一道又一道被称作"峪"的山谷

总是充满山谷的风情

亿万年张开着双臂

拥抱一个个村庄

拥抱生于斯长于斯的

他的子民

让峪水日夜流淌

让烟火永续永生

沣峪的水好丰

太平峪流淌着太平

祥峪涵养着祥和

蛟峪潜藏着蛟龙

抱龙峪有腾云驾雾的

梦想

太乙峪传递着千百年的

淡然与神圣

那两百多个形态不同的"峪"

还有盛名鼎然的

华山

少华山

终南山

太白山

翠华山

骊山

以及属于秦岭的

无数秀岭奇峰

实在是天地造化

自然天成

他们是大秦岭雄伟壮丽的

面容

他们是大秦岭丰富生动的

表情

6

透过窗户

我又一次看到了

大秦岭

蓝天白云为他衬托

熠熠霞光是他的背景

天空之下

他在跃动

大地之上

他在奔腾

大秦岭啊

你神秘

你空灵

你超然物外

你雄踞人中

你和我们息息相关

我们和你休戚与共

我们是离不开你的子民

你是我们心中的神圣

第 1 辑 · 颂

我赤心而颂

大秦岭啊
你是万山之本
你是万石之峰
你就是横亘在中华大地上的
一条巨蟒
你就是盘卧在华夏祖脉上的
一条巨龙

写于 2020 年 4 月 22 日

春天里的中国

这是伴随着金黄色的落叶
迎面而来的我的中国
萧萧秋风在时光的深处
凝固和定格
每一片叶子
已经见识了风雨岁月
每一根枝条
都历练成挺拔和简约
天地有大美而不言啊
大好河山,在时序的变换中
五彩缤纷,壮美辽阔
季节在完成飘落的那一刻
就在积蓄新的力量
孕育和催生
新的轮回和超越

秋风里,落叶在奔走相告
崭新的绿色就要到来
那就是春天里生机盎然的
我的中国

这是伴随着梦幻般的飞雪
骑马而来的我的中国
驼铃声声,已是遥远的往事
心中总会铭记
梦中的铁马冰河
每一片雪花
都怀揣春天的梦想
每一匹骏马
正在把冰冷的时光
飞驰穿越
希望就在前方
我们就在脚下燃起篝火
大河在奔流中召唤
高山在期待中巍峨
嗒嗒的马蹄声是迎接春天的鼓点
一路飞奔而来的

透过窗户，**我便看见大秦岭**

就是春天里策马驰骋的
我的中国

这是从一夜春风里
阔步而来的我的中国
天地焕然一新
万物朝气蓬勃
杨柳依依，桃花灼灼
蝴蝶展示着自由自在
燕子告诉着天空
春天的翅膀是多么轻捷
世界悄无声息地发生着变化
一山一水都是美好的景色
这就是春天里风景如画的
我的中国

这是从一场春雨里
款款而来的我的中国
人间因雨而乐
万物尽享润泽
雨露阳光给了我们

无与伦比的幸福

天地时序演绎着最美的会合

南国的秧苗与北国的麦子

体会着春雨的善良和美好

大江南北在完成一幅

春天的写意水墨

这就是春天里如诗如梦的

我的中国

春天里的中国

是早晨清新的中国

太阳从东方升起来了

生生不息的大地

开始了生命崭新的奔腾和跳跃

车轮在飞奔，人流在穿梭

高高的塔吊忙碌地舞动

高铁风驰电掣，一分一秒

把时光穿越

冶炼的炉火，熊熊燃烧

滚滚的石油，奔流成河

盾构机在地下紧张地开拓奋进

> 透过窗户，我便看见大秦岭

繁忙的港口

给大海无穷无尽的欢乐

每台电脑紧张弹跳着

崭新的页面

证交所的数据

牵动着时代的脉搏

春天里的中国就是这样

生机勃勃

生机勃勃的就是春天里

日新月异的

我的中国

写成于 2023 年 1 月 12 日凌晨 4 点 40 分

人　民

人民，这两个字很平常

平常得就是你和我的

同学与朋友

右舍与左邻

就是你和我的

父老乡亲

甚至就是你和我的

姊妹兄弟

父亲母亲

人民啊，人民

就是芸芸众生

就是众生芸芸

正因这两个平常的字

才有了人间烟火

才有了天下风云

> 透过窗户，我便看见大秦岭

才有了冷暖生活
才有了文明之魂
正是这两个平常的字
构成了我们的家
构成了我们的国
构成了我们的社会
构成了我们共产党人
深深的根

人民，这两个字好深沉
那是打磨石头的双手
那是钻木取火的眼神
那是发明文字的高超智慧
那是烧制陶器的精美绝伦
那是发明火药的小心翼翼
那是活字印刷的线装书本

这两个字啊
从遥远的《诗经》而来
让我们听到了
"坎坎伐檀"的声音

从之乎者也的

字里行间而来

让我们听到了

"民为邦本"的

圣贤之论

人民，这两个字啊

就是"锄禾日当午，汗滴禾下土"的

无数耕耘的农夫

就是唐诗宋词中

十载沙场，挽弓挥剑的

无数离家的征人

泱泱大中华

文明五千年

"人民"这两个字

好深沉啊好深沉

深沉的

是他们的劳动创造

是他们的默默无闻

深沉的

是他们的汗水鲜血

第 1 辑 · 颂　我赤心而颂

是他们的可敬可亲

人民，这两个字真亲近
正是我们共产党人
相伴而行
一路风雨的
至爱至亲
忘不了
三名女红军
借宿老乡家
把自己仅有的一床棉被
剪下一半
留给了乡亲
忘不了
沂蒙红嫂
送夫支前
送子参军
用自己的乳汁
喂养受伤的共产党人
"人民，只有人民
才是创造世界历史的动力"

第1辑·颂
我赤心而颂

这穿越时空的声音
是对真理的精辟揭示
是对历史的深刻结论
人民啊人民
这两个字真亲真近
是喜怒哀乐的
亿万表情
是朴实无华的
片片纯真
这就是共产党人
最亲最近的
人民

人民，这两个字不平常
他是我们无往不胜
勇往直前的
深深依存
如同种子离不开土地
庄稼离不开甘霖
如同鱼儿离不开水
鸟儿离不开蓝天和白云

共产党人离不开

自己的人民

共产党人的心中

人民至高至尊

共产党人的天平上

人民重于千钧

"以人民为中心"

这是新时代

响彻大江南北的

浩荡之声

这是共产党人心中

不可撼动的根本

"人民对美好生活的向往

就是我们的奋斗目标"

雄浑坚定的声音

如同雷霆万钧

这是共产党人前仆后继

始终如一的

向往和追求

这是共产党人夙夜在公

不负人民的

使命与初心

人民啊人民
人民就是我们的土地
滋养着我们的血肉灵魂
人民就是我们的天空
只有背负人民的希望
我们才能不惧风雨
奋力飞奔

写于 2020 年 6 月 14 日

透过窗户，我便看见大秦岭

一次年轻人的会议
——参观中共一大会址有感

"这是一次年轻人的会议"
十八平方米的小小会议室
因十五个人而变得
辽阔无比
一个政党
宣告成立
看似平静
看似平常
看似平凡
却是
秘密的伟大
伟大的秘密

黄浦江的浪花

就在那个夏天

悄然涌动

革命的力量在此汇聚

一个叫南湖的地方

烟雨蒙蒙

思想的光芒

泛起一湖涟漪

中国绝世的风景

从此开启

1921年7月23日至8月初

这个时间注定让岁月不能不

深深镌刻进

历史的记忆

那时,就是那时

中国的天

闷热得透不过气

如同那个年代的冬天

寒风刺骨

冰封千里

冷酷无情的气候

企图封锁住

春天的消息

从来季节不饶人

冬天孕育着春天的生机

闷热酝酿着一场暴雨

该发生的一定是大势所趋

无论天空

还是大地

真理常常于无声处

力量却足以

惊天动地

与那时中国的四万万人口相比

十三名党代表就是

十三颗璀璨的星星

五十多名党员就是

中国共产党最初的星系

这一切并未引人注意

尽管此后有的星落人去

而他们中的信念坚定者

无论风霜雪雨

却始终如一

信仰着自己的"主义"

他们的理想浩瀚无际

中国共产党宣告成立

五十多颗灿烂的星星

照亮了神州苍茫大地

他们的红色梦想

就是四万万人的希冀

因为无比重要

方才格外秘密

即使法国租界巡捕房的

两辆警车

嗅到了不同寻常的味道

也没能发现蛛丝马迹

就这样,距上海百公里外的嘉兴南湖

一条游船看似平静地迎来了

非同一般的仁人志士

注定绽放霞光的

伟大会议

注定终将辉煌的

伟大秘密

就此成为冬天里的种子

闷热中的霹雳

成为长夜里的火光

成为搏击长空的羽翼

油印的《中国共产党的第一个纲领》

仅仅十五条约七百字

却承载着彪炳千秋的意义

没有复杂的修饰

也没有丝毫的刻意和华丽

真理从来就不需要装点

"我们的党定名为

中国共产党"

就这么开门见山

就这么直抒胸臆

就这么庄严神圣

就这么铿锵有力

从这里出发

风雨如晦

道路崎岖

从这里出发

梦想启航

披荆斩棘

初心在心

使命如命

一路星火燎原

一路红旗漫卷

一路枪林弹雨

一路曲折传奇

一路由小到大

一路花开遍地

一路领航定向

一路坚定不移

如今

上海市黄浦区兴业路76号建筑

依然庄严矗立

一砖一瓦满是七月的记忆

黄浦江的浪花

叙说着不同寻常的往昔

嘉兴南湖的红船静静地

让人们体味

曾经的秘密

"这是一次年轻人的会议"

毛泽东说给杨开慧的

这十个字的话语

意味深长

我不由得想起了一个

无比神圣而又恰如其分的词语

——开天辟地

写于2018年6月25日回家途中

八十年前，那个初夏的风

——纪念毛泽东《在延安文艺座谈会上的讲话》发表80周年

八十年前，那个初夏的风

吹过一道道沟，吹过一道道梁

凉爽了解放区亮堂堂的时光

那是1942年5月，延安的枣花正香

23日掌灯时节，一百多人

会聚在杨家岭不大的广场

三根木棍，架起了一盏汽灯

灯光下，毛主席深情地给大家演讲——

"我们的文学艺术都是为人民大众的

首先是为工农兵的，为工农兵而创作

为工农兵所利用的……"

从此，革命的文学艺术

有了自己正确的方向

诗有诗的筋骨，歌有歌的力量

文学艺术的根，深深扎在现实的土壤

戏剧，为群众表演

歌曲，为工农兵歌唱

艺术的一脚一步

沿着延安窑洞的灯光

走向人民，走向生活，走向战场

文学的一枝一叶

连接着

黄灿灿的小米和红彤彤的高粱

那个初夏的风吹过

《白毛女》吸引了边区无数人的目光

首演的地点是在延安中央大礼堂

台下坐着毛主席朱总司令和许多中央首长

神情专注的观众

时而流下激动的泪水

时而怒火要冲出胸膛

大幕徐徐地合上

刹那间是观众们潮水般的喝彩与鼓掌

"旧社会把人逼成鬼

新社会把鬼变成人"
《白毛女》中的每一个人物形象
活在一代又一代
观众的心上

那个初夏的风吹过
《小二黑结婚》的字里行间
写出了婚姻自主的崭新风尚
清凌凌的水啊，蓝莹莹的天
小芹洗衣来到了小河旁
二黑和小芹自由恋爱
冲破了封建的束缚和落后的主张

那个初夏的风吹过
秧歌剧在边区掀起了
一个又一个热浪
《夫妻识字》恩爱好听
《兄妹开荒》让我们感受到
大生产运动的热闹繁忙
崭新的时代，崭新的文艺
一字一句都是边区群众的土色土香

透过窗户，我便看见大秦岭

那个初夏的风吹过
李季创作出《王贵与李香香》
清新的信天游，跌宕起伏的诗行
流畅的诗句，深刻的主题
至今还令人难忘

那个初夏的风吹过
丁玲创作出《太阳照在桑干河上》
农民翻身，觉醒觉悟
土地改革
让暖水屯变了模样

那个初夏的风吹过
古元木刻的刀口闪出了别样的光亮
他流畅锋利的艺术之刀
刻下了解放区火热的生活
清晰明亮的画面
定格了一个又一个动人的景象
《烧毁旧契》，木刻的画面中
燃起了熊熊的火光
《人桥》是那么震撼雄壮

南下的大军,就是踩着这样的人桥

冲锋向前,奋勇渡江

那个初夏的风吹过啊

无数有作为的文学艺术家

到人民中去,到真正的生活中去

感受时代的火热和滚烫

写边区,唱人民

文学艺术如雨后的庄稼

焕发出蓬蓬勃勃的力量

八十年啊,《延安文艺座谈会上的讲话》

依然放射着璀璨的光芒

如同那个夏夜的风

吹过岁月的平原和山冈

吹活了无数激荡的音符

和动人的诗行

革命的文学艺术多姿多彩

中国风格,中国气派

是长江黄河滚滚流淌

树立"以人民为中心"的创作思想

每一个都凝结着牺牲和感动

二十次大会就是勇往直前的

二十个硕大的脚印

每一个都承载着初心和使命

二十次大会就是二十个执着奋斗的里程碑

每一次大会都在迈向希望与光明

二十次大会就是二十个伟大的超越

每一次大会都站在新的辉煌与高峰

回望第一次大会,在黑暗的包围中

中国共产党人秘密地高举拳头

喊出誓言,把沉睡的大地唤醒

此后,黑暗在迅速崩塌

旭日在冉冉跃升

第二十次大会,我们已经稳稳地

屹立在挺拔的高峰

第二十次大会啊

就是第二十次集结号

就是第二十次动员令

我们万众一心,昂首阔步

迈向中华民族伟大复兴的新征程

2

不忘初心

就是不忘最初的那一颗心

从第一次拥有,就珍贵如神

她高于泰山

她重如千钧

她是大海中的航标

她是黑夜里的星辰

中国共产党人的初心弥足珍贵

她是我们不惧风雨勇敢前进的命根

这个初心就是民族独立,人民解放

这个初心就是国家富强,人民幸福

这个初心就是枪林弹雨中倒下的

那些无数高大的身躯

这个初心就是镣铐锁不住的那些高昂的头颅

和不屈的灵魂

这个初心是李大钊大义凛然的气概

是方志敏《可爱的中国》和洁白朴素的《清贫》

这个初心是长征路上与枪林弹雨相伴的执着

是一路探索、一路奋斗的艰辛

这个初心是上甘岭视死如归的英勇顽强

是长津湖凝固在冰雪中的超常意志与坚韧

这个初心是黎明前昂首走向刑场

面对死亡无所畏惧的正义眼神

这个初心是和平年代雷锋焦裕禄孔繁森

一心为民的一腔热血一片忠魂

初心不忘，不忘初心

初心是一团永不熄灭的烈火

是永不变色的一片丹心

不忘初心，就是永远心系祖国

始终牵挂人民

3

"唱支山歌给党听

我把党来比母亲"

才旦卓玛那高亢的歌声

和雪域高原一样纯净雄浑

这首歌唱出了亿万人心中的声音

歌词的作者蕉萍

是陕西铜川的一位煤矿工人

"蕉萍"就是姚筱舟

一时间成了新闻

姚筱舟
他拥有一颗与煤一样
燃烧的心
他把对党的真挚的爱凝结于笔尖
一字一句，情深意真
"母亲只生了我的身
党的光辉照我心"
这经典深情的歌吟
曾经打动了无数人
在党的二十大胜利召开的时刻
这熟悉的歌声
又一次响彻我的灵魂

写于 2022 年 10 月 8 日中午

信 仰

比山峰高耸

比石头坚定

比河流执着

比松柏长青

是一条路

直通云霄

是一棵树

伸向天空

是夜晚对黎明的承诺

是今天对明天的忠诚

是嘈杂中的那一份淡定

是纷纭中的那一份从容

第 1 辑·颂
我赤心而颂

在沉默中坚守

在昂首中前行

脚下是出发时的路

远处是心中的风景

曲折中不失方向

风雨里不改初衷

跌倒了会勇敢地爬起

就是匍匐也要冲锋

摧不垮

我有钢铁的意志

打不倒

我是铁骨铮铮

星星有多亮

我就有多亮

太阳有多红

我就有多红

怀揣心里

举过头顶

比坚定更加坚定

比神圣还要神圣

信仰

你是我

永不改的初衷

写于 2016 年 7 月 6 日

初 心

是油灯点亮的那一席

最初的话语

是关于一个共产主义的幽灵

在欧洲游荡的那一本

最初的点燃火炬的册子

是那条看似悠闲的游船

最初的出发

面对的一片烟雨

是那个共同的秘密

靠最初的那一份坚定

把誓言死守住

是面对突如其来的抓捕

宁可抛头颅

洒热血

也绝不把那一颗
鲜红的心
交出

是最初的那一苗
星星之火
用耀眼的燃烧与光芒
撕开沉沉的夜幕
是最初的那一把
砍向黑暗的大刀
在荆棘丛中
开辟出一条
通向明天的道路
是最初的那一行
深深的脚印
在血雨腥风中
引领着许多前进的
脚步

是面对枪林弹雨
严刑拷打

绝不低下
向往真理的头颅
是黎明到来
东方欲晓
却还要为最初的梦想
在刑场上
昂首高呼

初心啊，初心
初心是无怨无悔的忠诚
永远属于铮铮铁骨
初心是坚贞不屈的誓言
无论风吹雨打
永远不可辜负
初心，就是面对生死
毫不畏惧
初心，就是面对风雨
从不踟蹰

初心啊，初心
初心就是最初的那一颗露珠

就是最初的那簇根须

就是最初的那个脚步

就是最初的那条道路

初心啊

就是初衷不改

赤心不负

勇往直前

风雨不惧

　　　　　写于 2016 年 7 月 15 日

　　　　　修改于 2020 年 6 月 30 日晚

祖 国

祖国是一座座山岳
总是那么巍峨
清晨有太阳升起
夜晚有满天星光和
一轮明月

祖国是一条条江河
涌动着千秋岁月
无论凄风苦雨
奔流永不停歇

祖国是一片片土地
变幻着壮丽的景色
春天有种子的梦想
秋天有醉人的收获

透过窗户，我便看见大秦岭

祖国是那神奇的

跨海大桥

把五千年的古老

变成瞬间的洒脱

如同抛向海上的彩带

让辽阔的大海惊愕

祖国是那骄傲的高铁

把遥远拉近

把早晚压缩

让我们明白了

什么是神速

让我们感受到

什么叫飞越

山与山

轻而易举地携手

河与河

能够方便地叙说

祖国是那忙碌的地铁

缤纷的梦想

在地下紧张地穿梭

每一站都是一片风景

每个人心中

都飘着一片

缤纷的云朵

祖国是去太空翱翔的

天宫访客

穿云破雾

时常要去看看星月

一次发射就是一次骄傲

太空中闲庭信步的

就是我的祖国

祖国是那高高的

脚手架

永远不满足于

一个高度

因为祖国的高度

就是巍峨

劳动者的身影

透过窗户，我便看见大秦岭

是在高处忙碌
劳动者的汗水
也是在高处
洒落

祖国是煤炭人心中
黑亮亮的煤层
厚重而又情怀似火
抚摸着厚厚的煤层
我就抚摸到祖国
跳动的脉搏

祖国是钢铁人心中
那熊熊的炉火
冶炼出春夏秋冬
冶炼出斑斓岁月
钢铁脆亮的响声
就是唱给祖国
最美的赞歌

祖国啊，就是我窗外的

第1辑·颂

我赤心而颂

一派风光景色
是每天的车流
往来穿梭
是碧翠的远山
绵延巍峨
是青青的树林
摇曳婆娑
是一片花草
悠闲自得
是一地庄稼
孕育收获

祖国啊，就是我屋子的
点点滴滴
角角落落
就是我的
一餐一饭
一碗一锅
就是我的
一诗一句
一书一页

就是我的
春夏秋冬
日出月落
祖国啊
就是你和我的
一切的一切

写于2017年国庆节早晨

红色照金，我仰望和凝神

第1辑·颂 我赤心而颂

金秋时节

一场雨后

天高云淡

空气格外清新

怀着一颗虔诚的心

我沿着弯弯曲曲的路

走进星火燎原的故事

走进硝烟弥漫的征尘

走进陕甘边根据地的

革命岁月

走进群山苍翠的

红色照金

历史深处的情节

蜿蜒曲折

先烈的鲜血

透过窗户，我便看见大秦岭

染红了使命和初心
我久久地仰望
我静静地凝神

我仰望和凝神
那山头举起的火炬
发出燃烧的声音
它是在凄风苦雨中被点燃
成为红军和赤卫队
前行的指引
它把长夜里的路照亮
通向满天星辰
它给大山和小河
燃烧的微笑
它给大刀和长矛
不屈的灵魂

我仰望和凝神
广场中高大的雕像
巍然屹立，令我肃然起敬
是山一样的庄严坚毅

挺拔坚贞

革命家坚定不移的目光

掠过硝烟滚滚

革命家坚如磐石的双脚

踏过炮火风云

革命理想高于天

共产党人就是这样

对理想无比忠贞

"党的利益在第一位"

共产党人就是这样

对党一片丹心

我仰望和凝神

秀房河清清的水

打湿了多少历史的声音

红军爽朗的笑语

回荡在静静的山林

隆隆的枪炮和厮杀

让群山记下了

胜利的喜讯

河水流过了悠悠岁月

清亮亮的水啊

映照着共产党人

鲜红的使命和初心

我仰望和凝神

陈家坡那棵千年古树

已有无数的年轮

沧桑的枝条至今记得

照金苏区曾经危机万分

方向在哪里

希望何处寻

具有转折意义的陈家坡会议

开成了满天星光

开成了夏风阵阵

初心在心，使命在身

追求真理的脚步

不能停下

不熄的火把

照亮红色的照金

我仰望和凝神

薛家寨半山腰窄窄的山路
留下红军密密的脚印
陡峭险峻的盘山小道
见证过革命者的执着和坚忍
四个悬崖上的山洞
就是战斗的大本营啊
老百姓是共产党人
立足的根本
制作被服，制造土雷
团结起来，打击敌人
照金有了苏维埃政府
照金的天空
是别样的清新

我仰望和凝神
照金北梁红军小学
孩子们琅琅的读书声
响彻九月的早晨
"托起明天的太阳"
传承红色的基因
"怀着一颗感恩的心

珍惜时光,努力学习
将来做对国家对人民对社会
有用的人"
照金北梁红军小学的孩子们
把习近平总书记的回信
牢牢地铭记在心

这个金秋,一场雨后
天高云淡
空气格外清新
怀着一颗虔诚之心
我又一次走进照金
一群白鸽从广场飞起
我辽阔的诗行
飘过朵朵白云
我的耳边
响起一个伟大而亲切的声音——
"人民就是江山,江山就是人民
打江山、守江山
守的就是人民的心"
这话语虽朴素

却温暖人心

我凝神仰望

我仰望凝神

青山郁郁葱葱

河水微微翻滚

站在照金的土地上

我满眼都是照金的红色

我心中都是红色的照金

写于2021年9月5日至6日

郝家桥的天空

这是黄土高原千沟万壑中

一个普通的村庄

这是陕北辽阔的天空中

一方小小的天空

这里，红色中遍布着

生机勃勃的一片大地绿

这里，绿色中闪耀着

一片燃烧的中国红

一道道梁上

生长着美好与希望

一排排窑洞

传来了欢乐和笑声

这是绥德县郝家桥村

昔日陕甘宁边区的"模范村庄"

今日陕北大地上脱贫攻坚

乡村振兴的一个网红

那是 1943 年的天空
边区开展轰轰烈烈的大生产运动
郝家桥的领头人就是刘玉厚
他是边区的劳动模范
他还是边区的战斗英雄
他勤快忠厚
他艰苦奉公
他对党赤胆忠心
一片忠诚
他带领乡亲们响应毛主席
"自己动手，丰衣足食"的号召
辛勤劳动，细作精耕
不仅让群众吃饱肚子
而且为边区部队提供了粮食供应
"劳动光荣，受人尊敬"
成为郝家桥代代相传的村风

那是 1943 年的天空
郝家桥飘来信天游的歌声

这是郝家桥人的又一次光荣
从"农村楷模"到"脱贫攻坚楷模"
这是跨越近八十年的红色传承
这是中国共产党永葆初心不负人民的
生动见证

时间步入 2022 年
郝家桥的天空
映衬出一片山川美景
红色的土地上正在开启
乡村振兴的征程
郝家桥人牢记习近平总书记语重心长的
亲切叮咛
"脱贫攻坚不是终点
而是新生活新奋斗的起点"
就在这个时候，中能煤田人
听从召唤，服从安排
成为与郝家桥结对帮扶的至爱亲朋
放心吧，中能人是新时代中国特色社会主义
混合所有制示范企业的实践者
他们牢记初心，不辱使命

他们勇于担当，善做善成

中能人与郝家桥亲如弟兄

他们注定会用智慧和汗水

浇灌出郝家桥乡村振兴的

红色幸福美景

写于 2022 年 8 月 8 日

我很在意这个秋天

——写在中华人民共和国成立
七十周年之际

我很在意这个秋天

联想斑斓得像云彩一样

装点出无数美丽的画框

每一个都是祖国的表情与影像

祖国无时无刻不在我的心中

如同每天都要冉冉升起的太阳

我很在意这个秋天

就站在高高的山冈

白云白成了片片纯粹

蓝天蓝成了一天向往

鸽子展翅结伴而飞

马蹄嗒嗒传递着

第 1 辑 · 颂　我赤心而颂

浪漫的畅想

听着这铿锵的声音

我就感受到祖国跳动的心脏

我很在意这个秋天

就站在浩渺的秋水岸上

任海浪拍打我的想象

海鸟击水凌空

船帆迎风昂扬

祖国就是泛着粼粼波光的

辽阔大海

祖国就是拍打岩石的

冲天巨浪

我很在意这个秋天

就站在古老的黄河岸旁

大河浩浩

奔流不息

船工的号子仿佛在耳边回荡

雄浑的钢琴曲掀起冲天巨浪

每听一次黄河的涛声

就感受一次祖国的不屈不挠和曲折沧桑

我很在意这个秋天

就站在村庄高高的土梁

深情地抓一把脚下的泥土

听庄稼深情叙说

土地的深沉和泥土的芳香

我听到了颗粒与颗粒

爽朗的笑声

我听到了累累硕果

在这金秋时节

动人的歌唱

我很在意这个秋天

就站在古老的城墙之上

看如梦如幻的城市

不曾停歇的繁忙

看东南西北的塔吊

成为城市独特的风光

我很在意这个秋天

就站在校园感受书声琅琅

看每一片枫叶

如何幻化成红红希望

看每一片梧桐叶

如何历练成片片金黄

祖国是五彩缤纷的颜色

祖国是激昂壮美的交响

我很在意这个秋天

就站在高高的炉台之上

看铁水表达高炉的理想

不知冶炼过多少风雨雪霜

鞍钢、首钢、宝钢的名字一个比一个响亮

不断创造着共和国钢铁的辉煌

我很在意这个秋天

就站在紧张忙碌的采煤机旁

看着矿井深处掀起的

滚滚煤浪

我感受到了

每一块黑色的煤炭

透过窗户，我便看见大秦岭

都蕴藏着火红的向往
时刻准备着为祖国燃烧
这是亘古不变的理想

我很在意这个秋天
就站在现代化的化工装置现场
看纵横交错大大小小的管路
如何演绎着奇思妙想
看科学而神奇的工艺
变换出各种产品的模样
进去的原料
是黑黑的煤炭
出来的产品
有着多姿多彩的形象

我很在意这个秋天
看祖国一派蓬勃的景象
高山有高山的雄伟
河流有河流的奔放
大地有大地的辽阔
海洋有海洋的浩荡

车轮追赶着时间

理想插上了翅膀

每时每刻都在奋斗

一人一事都在为祖国争光

我很在意这个秋天

就站在玻璃窗前凝神远望

一山一水都是祖国的表情

一景一物都是祖国的形象

祖国啊，您是我们共同的母亲

我们都是您忠诚的儿郎

我们衷心地祝福您

在新时代的征程上

更加繁荣富强

写于 2019 年 9 月 25 日凌晨

我想跟"天宫二号"说句话

望着浩渺的太空

我好想跟"天宫二号"

说句话

我想在太空散步

还想在太空安家

请你把我带上吧

请你把我带上吧

让我在太空

眺望一下地球

看看地球上我的家有多渺小

看看咱们的祖国位于哪里

看看长江黄河有多壮观

看看高速铁路有多潇洒

看看蔚蓝色的海面上

第 1 辑·颂
我赤心而颂

有多少航船

在尽情地把渔网抛撒

我想在太空

眺望一下地球

看看古老的长城

有多么雄伟

三山五岳

是怎样的挺拔

珠穆朗玛峰

缭绕着多少云彩

美丽的草原

放牧着多少牛马

我想看看

祖国的夜晚

霓虹有多迷人

我美丽的钢城

炉火冶炼出多少

动人的童话

我想在太空

透过窗户，我便看见大秦岭

眺望一下地球
看看袁隆平的稻田
生长了多少神奇
看看互联网的世界里
包含了多少中国智慧
望望3D打印机里
蕴含了多少中国神话

我想跟"天宫二号"
说句话
我想在太空
望望清晨的天安门广场
看看鲜艳的五星红旗
辉映着东方的朝霞
地球也是太空的主人
我们和太空的每一个星球
都是相近相亲的邻家
我想在太空
望望人民英雄纪念碑
他以无比的庄严
总在告诉我们

不能忘了历史的伤疤

要记得

落后就要挨打

我想跟"天宫二号"

说句话

请他把我也带到太空吧

我要把我的梦想

撒向太空

让他开出五彩斑斓的

太空之花

我要把我的灵感

撒向太空

飘出的诗句

只有鲜亮的一个——

我的中国啊

您好伟大!

写于 2016 年 9 月 18 日

祖国是我们心中的神圣

——写在"神舟十二号"载人飞船
发射成功之际

这是适合欢乐与畅想的夏季
清早，我打开窗户
吸一口祖国清新的空气
和无数人一样
急切地打开电视机
"神舟十二号"载人飞船
要飞往浩瀚无垠的天际
我为祖国自豪
为"神舟十二号"载人飞船
欢喜

酒泉，发射场
晴空万里，朝阳熠熠

第1辑·颂

我赤心而颂

东风涌动着微微的笑意

片片云彩在蓝天逶迤

万物安静祥和

天地温馨适宜

此刻,异常安静的戈壁

辽阔成异常的神圣

少有的壮丽

三名航天员正式出征

向祖国挥手致意

那一刻

一种神圣在升腾和洋溢

这是空间站任务的首次战略飞行

一个古老大国的目光和智慧

用五千年的沧桑

已经擦拭得锃亮无比

用共产党人一百年的奋斗

砥砺得异常锋利

此刻,中国已经瞄准了 2021

瞄准了 6 月 17 日的日历

瞄准了 9 时 22 分

向22分过后的第27秒精准汇集
期待"神舟十二号"载人飞船
身姿俊朗地冲向蓝天
在浩瀚太空又一次划出
属于中国的闪亮轨迹

雄伟壮观的发射塔正在严阵以待
等待三位航天员进舱出征
发射塔第十层的三把红色座椅
此刻，红得那样安静美丽
7点03分
汤洪波第一个
从轨道舱进入返回舱
7点05分
刘伯明进入返回舱
7点08分
聂海胜进入返回舱
7点09分
三名航天员稳稳坐在了返回舱
7点13分
返回舱舱门关闭

我们亲爱的祖国

又一次展示

在浩瀚太空翱翔的潇洒飘逸

进入两小时程序准备

第一次综合检查

第二次综合检查

第三次综合检查

50秒、40秒、30秒、20秒

"华山"检查完毕！"东风"检查完毕！

太原—渭南—青岛—天津—酒泉

——准备完毕！

蔚蓝的太空又一次张开了

宽广的双臂

迎接一个大国浪漫的太空之旅

"长—2F"火箭——

一位健硕高大的航天达人

严阵以待

沉着冷静

又一次展现擎天之力

一小时准备

太原明白，渭南明白，青岛明白

天津明白，酒泉明白

东风明白，华山明白

……

中国已经瞄准了分分秒秒

发射进入倒计时

最后检查

最后确认

人员撤离

五十八米的火箭露出真容

高大直挺，神采奕奕

"中国航天"

蓝色的字如此庄严

红色的国旗映红了

每一个中国人的心底

此刻，发射场一片安静

时间屏住了呼吸

只有沙柳在微风中依依

只有胡杨在阳光下屹立

中国火箭

一位驾轻就熟的运载者

你的英姿无数次划过太空

划出中国航天的志气

中国飞船

我为你祝福

请给浩瀚的太空

带去中国的情意

进入一分钟准备

一秒一秒在倒计

2021 年 6 月 17 日 9 点 22 分 27 秒

时间瞄准这一刻

瞄准到那一瞬间的点火开启

瞄准到熊熊火焰喷射的威力

火箭升空

无比壮丽

向着蓝天飞去

向着太阳飞去

向着浩瀚的太空飞去

十八年啊，中国载人航天

从一人一天到多人多天

透过窗户，我便看见大秦岭

从舱内工作到太空行走
从短期停留到中期驻留
中国一次又一次
在蔚蓝色的太空逐梦
闲庭信步
浪漫飘逸

夜晚来临，我仰望星空
我想对满天繁星说出我的心意
神舟载人飞船是我的祖国
派往太空的使者
我们和每颗星星都是邻里

又一个清晨，我推开窗户
深深地呼吸祖国清新的空气
我想让洁白的云朵
给"神舟十二号"载人飞船
带去我的心语
祖国是我们心中的神圣
祖国是我们最大的底气

写于 2021 年 6 月 17 日至 18 日

感谢时代
——写在庆祝改革开放四十周年之际

1.难忘的那个夏天

1978 年

夏天

如同渴了需要水

炎热的天气

在酝酿一场

雨和风

在一顿早饭过后

昏迷了几天的三婆

带着复杂的心事去世了

没有人知道她作为

新中国成立初的女党员

心里有多少痛

三爷被打为叛徒的事情

似乎要被残酷的岁月

久久尘封

那块"光荣烈属"的牌子

已经被卸掉十年了

仍旧没有踪影

家族的人们

悲痛包含着遗憾

遗憾浸透了悲痛

冬天就是为孕育春天而存在

春天化蝶的梦想

总在冬天里

悄然成蛹

这一年的冬天

三爷平反了

如同一场雪

降落的不只是

满世界的洁白和神圣

是真的

真是的

消息传到村子里

家族的老少

谁不高兴

一个时代到来了

改变的何止是

一个人一个家族

和一个村庄的

命运

2. 我考上了大学

1979 年 9 月 11 日

十几天的淋淋秋雨

把这个日子

深深浸透在

我年少的心灵

天刚刚放晴

吃罢早饭

父亲踏着一路泥泞

去几里外的公社街道

不买什么

也不卖什么

他要去小小的邮政所

探询一个庄稼人的梦——

看有没有我的

大学录取通知书

这是一个贫穷的农家

在长长的秋雨中

一次焦急的等待

是土地对天空的

一次仰望和憧憬

那天午后

邮递员送来了录取通知书

我不知道母亲

在家里连一点麦面都没有

的境况下

是如何为邮递员做出了一顿

意味深长的饭菜的

点点油星

东拼西凑

至今想起那场景

我都会心酸泪崩

四十年了

我的心灵深处

一直下着那场秋雨

一直放着那封录取通知书

村头枣树上圆圆的枣儿

甜了那个秋天

甜了出村的路

村头那几树红红的柿子

染亮了我

十八岁的人生

3. 我家的麦子丰收了

父亲到单位来看我

他说土地已分到户了

回家后母亲告诉我

咱家的地

分在了东埝

分在了二堨

分在了后洼

分在了老陵

母亲说

我们要好好地种

再也不要为了糊口

而作难

至今记得

从那时起

土地一下子活泛了起来

庄稼很快乐

村庄很高兴

1986年

麦收时节

我照例回了趟家

和父母一起

下地流汗

一起收割碾打

车轮欢快地伴奏

镰刀痛快地抒情

这一年

足足产了一千八百斤

第一次看着这么多麦子

我年轻的心啊

说不出有多么激动

我看到了

土地与土地

互致问候

麦子与麦子

久别重逢

镰刀与镰刀

喜出望外

汗水与汗水

落地生情

乡村无比幸福和快乐

面条和馒头

在炊烟袅袅下

尽情舞蹈和朗诵

4. 我买了台小彩电

1990年夏天

儿子在雨夜出生

亚运会要在北京举行

妻子积攒下不多的工资

我买回一台"如意牌"彩电

渴望透过荧屏

能看到我的祖国

每天的表情

高亢的《亚洲雄风》

昂扬的旋律

在大江南北流行

和许多人家一样

我们一家每天惦记着《渴望》

准时播映

惦记着主人公

刘慧芳和宋大成

母亲说慧芳和大成都是好人

好人应该有好报

如同好年份就应该

有一个好光景

我深信母亲说的

就是真理

因为真理有时并不深奥

简单得如同公鸡打鸣

不知不觉

《好人一生平安》已不只是

一首主题歌

它感动了一个时代

成为白天对夜晚的祝福

现在对未来的叮咛

5. 醒目的标题把亿万人的心拨动

那是个特别的春天

乍暖还寒

河开冰融

大江南北都在迎接

一场如约而来的

春风

《东方风来满眼春》

各大报纸都刊发了

这篇特别的稿子

这是 1992 年 3 月

春风从南边吹来的

一条醒目的标题

每一个笔画

都把亿万人的心

深深拨动

春风吹来

春潮奔涌

春雨丝丝

春雷咚咚

春天就是时序交替的

大好时节

种子梦想发芽

鸟儿梦想飞行

花儿梦想绽放

骏马梦想腾空

这一年

中国在改革开放的大道上

又一次跃马飞鬃

如今，想起1992年

我就想起了春天

我就想起了那条标题

鲜艳的套红

我就想起了"南方谈话"

那些雷霆万钧的句子

直插时空

想起那个春天

我就想起那个

伟大的名字

他高高矗立在人们记忆的时空

6. 高速公路从我们村头经过

黄河岸边的台塬上

有我惦记的家乡

黄土高原的褶皱里

有惦记我的村庄

她的名字叫合义

和小草一样

渺小本真

和庄稼一样

古老沧桑

村东头的关帝庙

早已被岁月淹没

村西头高高的土梁上

荆轲庙的参天古柏

也只留下一堆零碎的瓦砾

守着每日的残阳

我古老而乐于守成的村庄

拘谨又胆怯

和土地的孩子一样

透过窗户，我便看见大秦岭

千百年来

只忠诚于土地

只钟爱着庄稼

世世代代的话题

离不开男男女女

五谷杂粮

祖祖辈辈的苦乐

和乡间的小路一样

弯弯曲曲

爬坡过梁

世事总在翻新

终于，一件新鲜的大事

让村子里的男女老少

高兴得满心通亮——

高速公路从我们村头穿过

古老的村庄

赶上了时尚

时间可以浓缩

路途变得通畅

祖祖辈辈

对美好生活的向往

不再是奢望
母亲和村里的老人们
总在感叹
现在的人可真能啊
不论是地下
还是天上

写于 2018 年 11 月 18 日至 19 日

纯真的全红婵

小小年纪，用十四岁的执着
和难得的纯真
奋力拼搏，走向人生高高的跳水台
迈向一池清亮亮的水中
每天几百次不知疲倦的练跳
把自己练成了不折不扣的
水的伙伴、水的知心朋友
不需要理解奥运是什么
单纯就为赚钱看好母亲的病
勇敢地站在奥运赛场
一次又一次战胜自己
一跳又一跳打败强手
自在得只有愉悦的跳
轻松得只有纯真的笑

成功地跳完最后一次

回头的一瞬间

家乡笑了

全中国笑了

连世界都笑了

像自己入水时压出的水花一样

笑得一脸纯真

答记者问

压根没有多想

就说十四岁乡村女孩最本真的话

就说真实而动人的"赚钱"两个字

别的说不上

也无需去刻意

打两次绊

就是十四岁可爱的自己

面对话筒

笑，掩面而笑

那一刻，老成世故的世界

羞愧难当

透过窗户，我便看见大秦岭

就是那一刻
笑，掩面而笑
你如一泓清亮亮的山泉
自由自在地流淌
看得清鹅卵石遍布河床
自己如水的世界
纯真成一片透着光的
清亮

站上世界最高的颁奖台
你为国争了光
世界冠军的光环
让你的纯真
有了千钧的重量

你莞尔一笑的那一刻
老家门前早已如节日般热闹
窄狭的村巷
拥挤不堪
逼仄的小屋
人潮泛滥

一家人第一次感到了

与你纯真的笑相比

堪称狡黠的生活的神情

那便是人间百相

然而你就是你

世界冠军全红婵

写于 2021 年 8 月 18 日

第 2 辑

念 我偏首而念

这些温暖而骄傲的名字

——写在中华人民共和国成立
七十周年之际

1. 解　放

这是一个改天换地的词语

枪林弹雨之后

一个伟大的声音

在天地之间

昂然响起

一群白鸽飞向蓝天

东方日出

万众欢喜

崭新的历史

从此开启

这是一个从无到有的

汽车品牌

1956 年 7 月 13 日

驶进共和国的记忆

"第一汽车制造厂"

七个繁体字

一笔一画如刀刻一般

刚劲有力

十五岁那年春天

第一次看到"解放牌"卡车

开进我们村里

汽油的味道

好香好香

占领了一个乡村少年的记忆

那锥形的车头

是一种冲锋的架势

时刻准备着

把道路开辟

这是一双军绿色鞋的名称

拥有磨不透的

橡胶鞋底

我压根就觉着

它和峥嵘岁月有关

随长征一路而来

见识过围追堵截

见识过雪山草地

小时候渴望有一双

这样的鞋

始终不渝地坚信

穿上它便有一份骄傲

可以跋山涉水

可以披荆斩棘

2. 东方红

这首歌

在一个清早

从陕北佳县的一个山头

高唱起来

唱红了天

唱红了地

如陕北硕大的红枣

甜在人的心里

音符沾着庄稼的晨露

歌词带着千千万万人的

虔诚和颂意

低头吃草的羊群

抬头品味这充满庄稼味的

高亢声音

金黄色的向日葵

转过头来

绽放出朵朵欢喜

一个音符

就是一片霞光

穿越时空

普照大地

3. 大　庆

这是铿锵而来的排排受阅方队

把一个大国的威武汇集

这是壮美的行进曲

让亿万人的心潮涌起

这个时刻注定不同寻常

每一个多彩的瞬间

都在阐释永恒的含义

从天安门响亮的声音

跨越千山万水

响彻神州大地

这是一种精神

在风雪严寒中磨砺

与石油紧紧地相连

展现着别样的壮丽

大会战

战天斗地的故事

与石油一同喷涌

要把贫油国的帽子

甩到太平洋里

只为祖国争口气

为制服井喷

跳进水泥浆池子里

这就是铁人王进喜

"宁肯少活二十年

拼命也要拿下大油田"

气壮山河的句子

在奋斗者的史册里

巍巍耸立

4. 宝　成

这是一条穿山越岭

执着铺成的铁路

沿着李白《蜀道难》的句子

向南奔去

穿过一山又一山

越过一水又一水

绝壁石洞

温暖着建设者生活的

朝朝夕夕

一程又一程的山路

至今回荡着筑路者的

沸腾与静谧

与劳动有关的声音

清脆豪迈

激荡交集

热火朝天

此伏彼起

秦岭和巴山

相望而笑

蜿蜒盘旋的轨道

携起了手臂

密集的汗水打湿了

春天的梦想

虫子的叫声

终于不再孤寂

夜走灵官峡的灯火

永不磨灭

照亮了一个时代

逢山开路

遇水架桥的

壮美记忆

5. "两弹一星"

这是一个大国的骄傲

这是一个民族的骨气

一批忠贞不渝

赤心报国的人

甘愿几十年隐姓埋名

为了完成一个
宏大的秘密

鲜为人知的故事
与大山深处的乔木和灌木
一样葱郁茂密
无法言语的奉献和牺牲
感动着大漠戈壁
二十三位元勋和无数
默默无闻的人们
为共和国
树起了一座巍巍丰碑
中国力量
大国重器

6. 南京长江大桥

这是一座中国人自己设计
自己建造的大桥
成为一道独特的风景
七十米高的桥头堡上
雕塑的红旗

深深刻在人们的心里
"一桥飞架南北
天堑变通途"
伟人的诗句
让浪花欢喜
让鱼儿惊异

九个在滔滔江水中
屹立的桥墩
把一个民族的志气
高高架起
无数的钢梁和螺丝
无数的构件和配件
在自力更生艰苦奋斗中
组合会集
共同咬定了一个信念
争气

7. 鞍　钢

这个名字如此熟悉
上初中时便刻进我的脑海里

"鞍钢宪法"

"两参一改三结合"

那是中国人自己创造的管理模式

一个走过七十余年历程的钢铁企业

于新中国焕发出勃勃生机

阳光照进高高的炉台

炉火炼出自豪和业绩

"鞍钢"两个字

每一个笔画都展示着

钢铁的硬度

无数的产品都含有一种

特殊的合金

中国骨气

8. 天　路

这是一首高亢壮美的歌

这是一条从天而来的路

直奔青藏高原而去

是舞动的长龙

是神鹰的羽翼

穿越云雾缭绕的神话

揭示无与伦比的神奇

体会牦牛的沉着安然

领略藏羚羊的结群迁徙

高寒

冻土

无人区

——低头

一条天路

就此成为永恒的风景

与青藏高原融为一体

听到列车长长的鸣笛

布达拉宫在微笑

一座座雪山在致礼

青稞酒的醇香

久久地在天路上

洋溢

9. 三峡大坝

用非同寻常的自信

筑起一座非同寻常的大坝

蓄水一百七十五米高程

这是一个民族与水较量的

高度

智慧深不可测

波涛汹涌的大江

被驯服成夺人耳目的风景

"高峡出平湖"

伟人的诗句

已是微笑的

层层涟漪

10. 深　圳

当然不是"深川"

又当然不能和"川"没有关系

是归向大海的河流

是打开闸门的水系

四十年创造了一个又一个

神奇的神奇

四十年面朝大海

总是春暖花开

香溢四季

创造了一种速度

三天建设一层楼

让多少人不可思议

创造了一种理念

"时间就是金钱"

直击要害

把人们并不在意的抽象成本

换算成可数可点的具体

一语中的

诠释了分针和秒针旋转的

价值和意义

深圳是一座

非同一般的城市

开放、时尚

前卫、魔幻

是一种标识清晰的象征

是一面迎风飘扬的

旌旗

11. 港珠澳大桥

这是一座非凡的跨海大桥

它是海上跃出的蛟龙

迎风踏浪

云里雾里

它是抛向海上的彩带

多姿多彩

浪漫飘逸

它是中国唱给世界的

一支悠扬的歌曲

自豪地在大海中洋溢

也是在大海中矗立的雕像

永远威仪

港珠澳大桥

架起的是

自信与骄傲

延伸的是

骨气和志气

12. 雄　安

雄心的"雄"

安定的"安"

千年大计

国家大事

一座新城如东方红日

冉冉升起

白洋淀的水充满欢乐

鸟儿不断衔来

喜人的消息

新的理念

新的构想

一定有荷花高洁

一定有翠竹正气

一定有兰草清雅

一定有海棠美丽

一定有红枫热烈

一定有杨柳依依

春风夏雨

秋叶冬雪

自然而然在作着诗画般的

轮回交替

第2辑·念　我俯首而念

> 透过窗户，我便看见大秦岭

鸽子和云彩比翼

歌声已经响起

雄安，您好

奋斗者的智慧和汗水

把新时代大国的壮美故事

深情演绎

仰望

畅想

期待

诗和远方就在这里

写成于2019年国庆节长假期间
10月4日完稿

英雄，是这个春天的主题

——悼念大凉山木里森林大火中牺牲的英烈

大火终于被扑灭了

火场一片静寂

树木燃烧过后的焦味

让人喘不过气

想起三十个鲜活的生命

我的心在战栗

这个春天

不仅仅是鸟语花香

牺牲的英雄

是这个春天

最鲜红的主题

太阳升起来了

透过窗户，我便看见大秦岭

三十名英烈是三十棵大树

在烧焦的土地上

高高地挺立

每一个枝条

都是挥动的手臂

每一片叶子

都是赤色的战旗

三十个灵魂

在烈火中升起

让大火过后的高山

别样崇高

让燃烧过后的森林

巍然屹立

云彩停下了脚步

鸟儿收起了羽翼

大山一片静谧

都为三十名英烈默哀

为宝贵的生命敬礼

和平时期也有赴汤蹈火啊

与大火搏斗的壮烈

使这个春天

有了不同寻常的主题

三十个血性男儿
三十个成熟和稚气
长相不一的面庞
不同口音和家乡的印记
三十个表情和微笑
三十位军人般的刚强和坚毅
都是父母的儿子
更是三十个家庭的牵挂和惦记
一场森林大火
让三十个鲜活的生命
成为烈火中的雕像
成为比森林还要森林的
绿色
成为比永恒还要永恒的
壮丽

正是人间四月天
凋谢的花儿
已把灿烂镌刻进

岁月深深的记忆

三十名英烈的生命

是三十棵大树

把自己燃烧成灰烬

成为大凉山的一把泥土

融进祖国生生不息的血脉里

三十名英烈的生命

是三十根枝条

伸展在天空

伸展成大凉山葱郁的风景

让安宁重回

让鸟儿栖息

三十名英烈的生命

是三十片叶子

在风中飘扬

飘扬成英雄的浩然之气

长存于祖国大地

让人们永远铭记

今晨下了一场小雨

空气格外清新

我又一次
想起大凉山想起木里
想起燃烧过后的火场
想起三十名牺牲的英烈
那定格在这个春天的表情
我的心在战栗
我好想好想
把他们每个人
紧紧地拥抱一下
让我的泪滴表达我的敬意
这四月的细雨啊
你就痛痛快快地下吧
淋湿我和我的诗句
我想把这春天的湿润
献给在烈火中永生的
三十位热血男儿
因为，他们是这个春天
最壮美的主题

写于2019年4月10日陕北细雨中

透过窗户，我便看见大秦岭

我为这一幕又一幕深深感动
——写在重庆山林火灾扑灭之际

这是2022年8月在炎热炙烤下的重庆
发生的一场山林火情
疯狂的火势噼噼啪啪吞噬着葱绿的山林
步步紧逼，来势凶猛
大火炙烤着人们的心啊
燃烧着夏夜的一片祥和安宁

火情就是召唤，火情就是命令
第一时间奔赴火场的
就是可敬可爱的武警战士和消防英雄
第一时间从四面八方赶来的
就是可爱可敬的志愿者和普通百姓
山路曲折，山坡陡峭
扑火的队伍组成长长的人龙

这是火与人的挑战

步步紧逼，气势汹汹

这是人与火的较量

震撼山林，惊叹星星

我们看到了

"军民团结如一人

试看天下谁能敌"的感人场景

我们看到了

中国力量、中国精神

在肆虐的山火面前

不为所惧，势如长城

我为这一幕又一幕深深感动

"女娃不上，二十岁以下的不上"

这是山下一次自发的紧急动员令

关键时刻，沉着冷静

简短的话语传递出危急关头的

果敢决断和成竹在胸

路，曲曲弯弯

山，陡峭纵横

物资运输的最后一公里只能靠人力背送

透过窗户，我便看见大秦岭

骑着摩托，背着背篓

手把油门攥到了最大

一辆连着一辆

一程接着一程

向着熊熊的山火毅然奔去

顺着曲折的山坡直上猛冲

这是多么感人的场景啊

我为这一幕又一幕深深感动

每辆摩托车都是最美的逆行者

每个人都是与火决战的英雄

面前是七十度的山坡

背篓是五十斤的物重

高温下，一趟又一趟给前线送去信心

通向火场的山路，响彻着摩托车的轰鸣

困顿了，用矿泉水浇在头上让自己清醒

跌倒了，一次次爬起来向火场奔行

这里没有叫苦叫累

只有不计报酬的主动请缨

这里没有功名利益

只有超越利益的志愿主动

运送物资的摩托车丝毫不停
他们必须与燃烧的时间抗衡
他们必须战胜疯狂肆虐的火情
为了绿色的山林不再疼痛
为了美好的家园尽快回归宁静
分分秒秒必须与山火一争高下
在与火的较量中我们只能打赢
我为这一幕又一幕深深感动

以火攻火,点燃火龙
与火较量,斗智斗勇
前方和后方心心相连
血与泪的扑救无往不胜
"四十岁以下会油锯的师傅,请举手"
"我来,我是党员!"
"我来,我当过兵!"
在生与死的面前
无数手臂瞬间呼啦啦举成了山林
举起了一个民族昂首屹立的
英勇无畏和众志成城
我为这一幕又一幕深深感动

孩子和大人背着清理的垃圾送到山下

只为让通向火场的路更加畅通

用担架把受伤的司机抬送下山

不需要谁来安排和叮咛

三天不到

穿过山林

上山下山的脚步

踩出了一条通向火场的路径

家国情怀是那密密的脚印和高温下的汗水

匹夫使命是响彻在扑火山路上

一辆又一辆摩托车的轰鸣

平凡人的壮举就是这样果敢英勇

平凡人的高尚会让上帝吃惊

我为这一幕又一幕深深感动

经过奋力扑救

8月25日晚

明火得到有效控制

灯光终于战胜了火光

"胜利了，我们胜利了"

声音穿云破雾，喊出了人们心中的激动

8月26日，太阳升起来了
火场恢复了昔日的宁静
大山回味着扑火中一个个感人的场面
山林记下了一个个平凡的面孔
危急关头，人人都是无需动员的战士
关键时刻，个个都是赴汤蹈火的英雄
我为这一幕又一幕深深感动

送别消防战士的场面令人难忘啊
夹道送行的人潮如浪在涌
无数的手臂尽情挥舞着送别的深情
人们给车上不住地塞着水果、饮料
车上的推挡抵不住人们的十里相送
推推送送中包含了多少难以言表的鱼水之情
我为这一幕又一幕深深感动

请相信吧，高尚从来不会隐退
正直和勇敢也从来不会失重
一代人会扛起一代人的责任
一代人会肩负一代人的使命
英雄从来就在我们身边

> 透过窗户，我便看见大秦岭

我们身边就是平凡的英雄

我感动啊，英雄的时代！

我致敬啊，时代的英雄！

写于 2022 年 8 月 27 日至 9 月 3 日

痛悼"中国杂交水稻之父"袁隆平

今天，2021 年 5 月 22 日下午
我在手机上注目
我在手机前悲痛
因为一个老人离开了我们
他叫袁隆平
他如他的名字一样
平地突隆
此刻，长沙的雨
打湿了中国人的表情
无数人的泪水
模糊了此时此刻的天空
我的天空满是雨水和泪水
我的心里不住地涌动
涌动着

> 透过窗户，我便看见大秦岭

一个字
痛啊
痛

袁隆平，"共和国勋章"获得者
您是"中国杂交水稻之父"
您永远离开了钟爱了一生的
绿油油黄灿灿的稻田
此刻，中国的每一片稻田
都在回忆您和稻子深深的感情
每一粒白生生的稻米
顷刻陷入圣洁的沉静
您永远离开了钟爱了一生的
杂交稻超级稻海水稻
此刻，每一棵稻禾
都陷入无尽的沉默
无尽的悲痛
理解饥饿、惧怕饥饿的人们
此刻，心在哭泣
身在颤抖
悲伤浸透稻子的根部

第 2 辑 · 念　我俯首而念

有声而无声

无声而有声

我从贫瘠的土地走来

从出生到年少

饥饿是死死地跟着我的

那个鬼影

饥饿让我哭过

让我盼过

让我想过

让我梦过

给我烙下深深的

饿的阴影

以至于我对稻子和麦子

总有一种吞噬心灵的渴望

一种粒粒皆辛苦的心情

一种天下粮仓再无忧的

美好之梦

用您的话说

您就是"种了一辈子稻子的农民"

透过窗户，我便看见大秦岭

我要说，您是中国一位不同寻常的"院士农民"

是人们心中的神圣

为了大国粮仓

您一生逐梦

为了天下粮仓丰盈

您挚爱着您的杂交稻

挚爱着您的超级稻

挚爱着您的海水稻

挚爱着您的实验室

挚爱着您的学生

挚爱了整整五十年

在您的世界里

水稻遍地葱茏

稻穗饱满沉重

稻米粒粒晶莹

米饭热气腾腾

您的超级稻亩产一千一百公斤

遥遥领先全世界

而在您的心中

却是亩产永无止境

您要让中国可用的盐碱地
也与稻子结缘
让您的"中华拓荒计划"
梦想成真
遍地盛开稻子的笑容

您瘦削而黝黑
可是，您用一生
让水稻无比灿烂，充满激情
多姿多彩，异常神圣
您深深的皱纹里
布满稻子的情结
五十年啊，您与水稻相亲相融
屡屡打破自己创造的世界纪录
亩产七百公斤、一千五百公斤
这些令人敬仰的数字里
有您和团队的风吹日晒
有您对共和国的一片赤子之情
您说要让我们的国家
在粮食安全上更有底气
您的一生
水稻至高至圣

透过窗户，**我便看见大秦岭**

天已暗下来

细听窗外已是淅淅沥沥的雨声

我又一次想起了饥饿年代

是那样刻骨铭心挥之不去的痛

我不由得想起了您

一代稻神——袁隆平

我心中浮现出您和稻子一样

朴素而坚毅的笑容

您是离开了，但另一个世界里

您依然头戴草帽

在稻田里注视稻子

抚摸稻子

一往深情

我仿佛看到了工作之外的您

以水稻的情怀

在拉小提琴

抑或在游泳

我用稻米一样圣洁的泪水

对您仰望

向您倾听

写于 2021 年 5 月 22 日星期六下午

我是您的一株稻子

我是您的一株稻子
在您深深的脚窝里发芽
从您密密的皱纹里长出
硕大的稻谷
是我硕大的泪珠
我和天下的庄稼
今天低头痛哭
因为,正是插秧的季节
您,"中国杂交水稻之父"
却离我们而去

我是您的一株稻子
您五十载风风雨雨
用心把我哺育
您的梦想就是

透过窗户，我便看见大秦岭

让我的稻穗
更大更美
让饥饿转身而去
成为远古的远古

我是您的一株稻子
您教会了我挺起腰杆和胸脯
理直气壮地穗大秆粗
我把稻花开成了您的样子
每一朵都是沉甸甸的抱负
决不满足于一个重量
也不辜负生长我的
那片水田和那方泥土

我是您的一株稻子
您的微笑如稻子一般自然
您的心地如稻田一样纯朴
您说话的声音
是稻田里风的清香
您的梦想就是
让我长出比梦想中还要多的

白生生晶莹莹圆鼓鼓
哗啦啦清脆作响的稻谷

我是您的一株稻子
您要把我插在大江南北的稻田
插到人类希望的高处
让每一粒稻谷
在风中爽朗地微笑
成为不同肤色的人们
内心无比踏实的幸福

我是您的一株稻子
在 2021 年的这个初夏
您离开了这个世界
我和无数的稻子难过得
如一场伶仃的夏雨
雨中,我们怀揣一片稻心
在长长的街道驻足
等待您的灵车缓缓而来
又随着人流把您目送和追逐
那一刻,我们的两眼

已经在雨中模糊

我是您的一株稻子
我要凌晨早早起来
带着清风和泥土的心意
打乘自发免费的出租
排进长沙阳明山长长的队伍
等，就等在您的灵前
以沉沉的稻穗的姿势
给您深深鞠躬，献上稻子们的敬慕

我是您的一株稻子
我要早早起来带上小乖
在小区外买一束圣洁的白菊
辗转一号线二号线，再换乘一次车
一路挤呀挤，尽管花已经变形
但不变的是对您的一份敬意
是稻子一样朴素
"我就是带着小乖要送送袁嗲嗲
让我和小乖献上
我们从心里流出的泪珠"

我是您的一株稻子
您离我们而去了
我和无数的稻子
会成为您骄傲的风景
在您的眼前永恒地生长
永恒地凝固
一直守护在
您灵魂的最高之处

写成于2021年5月25日中午2点

屈　原

"虽九死其犹未悔"的
你，清清正正
长衫束发
腰直胸挺
踏着两次流放的
深深脚印
怀揣天下
一路而行
有风也有雨
有雪也有冰
你是执着的独行者
只有白马和兰草做伴
孤独地前行

春秋战国的气候

第 2 辑 · 念
我俯首而念

纷纷扰扰

弥漫着酷热与寒冷

口舌与暗箭

穿梭往来

明暗交错

兵戈铮铮

你长剑挎腰

眉宇紧凝

相伴的白马

对空嘶鸣

楚国已不国

万般神圣

转头已成空

你，伫立江岸

仰天太息

星光满天

月亮压根就没有踪影

夏虫的鸣叫

一声紧似一声

让"犹离忧也"的你

如何沉静

透过窗户，我便看见大秦岭

沾满晨露的抱负和理想

已是星光满天的苍穹

遥远而明亮

明亮而遥远

成为夏夜的

梦

与你相伴的白马

还在对空嘶鸣

要挣脱看不见的

那根硬硬的缰绳

夏虫叫得更凶

夏风吹得更猛

"长太息以掩涕"的

你，依然眉宇紧凝

神情沉重

一步一步走向岸边

芰荷的清翠

石兰的清气

琼茅的清香

茹蕙的清雅

此刻，凝固成亘古不变的
圣洁与纯正

六十二岁忧愤万分的你
就这样
留下《离骚》的殷殷真情
留下《九歌》的如幻如梦
留下《九章》的矢志不渝
留下《天问》的正气耿耿
毅然决然抱石投江
从那一刻起
汨罗江的水
几千年异常神圣
漫过了人间无数岁月
打湿了历史无数表情
翻卷的江水翻卷着
幽怨与悲痛
每一朵浪花
都在对天空和大地回答
什么才是爱国
什么才是忠诚

> 透过窗户，我便看见大秦岭

你走了

成为一把剑

直指茫茫苍穹

你走了

成为一杆旗

插在历史的山峰

你涌起的江水

成为硕大的泪滴

凝固不动

让天下祭奠你的粽子

香气四溢

棱角分明

写于 2020 年 6 月 23 日晚至 24 日凌晨

清明时节

我总相信，这一天
一定有一场雨
从唐朝的那首诗
下起，纷纷成湿湿的
纷纷，断魂成
无语的断魂
桃花开始凋谢
梨花将要散尽
许多许多的花儿
默不作声
落满一地
献给早已化作云烟的
远远近近的故人

我总相信，这一天

透过窗户，我便看见大秦岭

顺着这断魂的雨，可以见到

定格在岁月深处的

我的爷，我的婆

我的那些遥远成

香火氤氲的亲人

这一天，他们会醒来

他们知道，这个时节的雨

肯定是下给他们的

雨中，我能看到他们

深深的皱纹

我能听到他们

沧桑的声音

顺着纷纷

又断魂的雨

我走进他们的日子

油盐酱醋，五味俱全

春夏秋冬，日晒雨淋

汗水打湿

他们的苍老

庄稼长满

他们的脚印

第 2 辑 · 念　我俯首而念

苦与乐，富与贫

凝固成村东村西

一个又一个

在或者早已不在的

长满麦苗的平地

罩满蒿草的老坟

清明时节

这是不需要说话

只需要淋雨的节气

这一天，徐徐地推开

岁月之门

我们看望

香火中的亲人

跪在我爷坟前

烧纸的那一刻

我不经意地看到

苍老的父亲

泪水将要涌出

老眼满是湿润

我分明觉得

> 透过窗户，我便看见大秦岭

父亲的心

在无声无息地翻滚

我和父亲的目光

只看着眼前的烧纸

把千言万语

徐徐地燃烧

燃成一堆灰烬

写于 2021 年 4 月 4 日清早

祈　祷

——献给"3·21"空难罹难同胞

春风，请你摇落一地花瓣

我们一起为空难中逝去的同胞

祈祷和祭奠

雨水已经成为了泪水

取代了世上所有悲痛的语言

2022 年 3 月 21 日已是漆黑一片

分分秒秒都在凝固

都在沉默，都在哽咽

都在仰天长啸

都在深情呼唤

MU5735 航班啊，你怎么了

怎么能以这样的方式

划过人们平安的界面

透过窗户，我便看见大秦岭

怎么能让这个春天流泪
怎么能让这个日子失陷
亲人啊，亲人
我们在寻找
生命啊，生命
我们在呼唤
你是化作了缥缈而去的流云
还是化作了找寻不到的灰烟

我已没有丝毫兴趣
枉发苍白的感叹
我也讨厌那些一拥而来的
对生命的丝丝感言
我只为心怀美好的132个表情
瞬间凝固而无法接受
心里拧成一团
我只会靠在床上
久久发呆，久久发呆
望着眼前苍白不堪的墙面
我只能为伤心欲绝的人
悲痛难安，悲痛难安

为父母，此刻一定是漆黑一片

为儿女，此刻一定是天空塌陷

为恋人，此刻一定是肝肠寸断

为朋友，此刻一定是悲痛哀叹

别劝，一定别劝

让逝去的生命

能听到亲人深情的呼喊

让远去的灵魂

能感受到亲人以泪水悼念

春风，就请你摇落天下的花瓣

我们一起为逝去的人

默默祭奠

春雨，就请你落遍所有的山川

我们一起为失去的生命

深深祈祷

归来吧，春风万里

为你徐徐而吹

归来吧，春花万朵

为你灿灿而绽

写于 2022 年 3 月 24 日早 9 点 59 分

宝鸡二题

在青铜器博物院和一群青铜器聊天

完整的西周就放在这里

遥远而苍茫的从前

有礼乐奏响

有战火炀炀

精美绝伦的酒器

陶醉了王朝灿烂的时光

锈迹斑斑的镞镝戟钺

讲述血淋淋的战场

肉食者在深谋战争与和平

庶民在"莫非王土"上

忙碌桑麻的生长

此时诗经的句子长得正猛

青翠的枝条伸到了

今天的时光

我想避开讲解员

单独和个个体面无比的青铜器

聊会儿天

告诉这些默默无语

又精美绝伦的器皿

我们身边的这片土地

异常安详

春天开花

夏天炎热而繁忙

秋季的庄稼

自由自在地歌唱

日子和青铜器一样

安静端庄

听长乐塬工业遗址在讲述

穿透岁月

窑洞秩序井然

在时光深处排列穿梭

二十四孔窑洞、七孔长洞、六条横洞

这便是抗战中建起的申新纱厂

1941年2月，春风已到

这里的每一个窑洞

都在群情激昂

每一个螺丝钉

都在紧张繁忙中亢奋

抗战，抗战

机器日夜忙碌

此刻，静默的纺纱机依然守着窑洞

回味烽火硝烟，齿轮与齿轮

把旋转的情节咬得紧紧

"抗战中最伟大的奇迹"

林语堂先生的话语

在窑洞工厂里荡漾

申新纱厂白生生的纱线

连着民族抗战的神经

丝丝缕缕与前线炮火相牵

与民族命运相连

每一孔窑洞看似沉默

却有万语千言

写于2022年7月4日至7日

第3辑

我仰天而歌

歌唱劳动

1. 一滴劳动的汗水

一滴劳动的汗水

好轻，又好重

一滴一滴落下

便是滴水穿石

便是浸透时空

咸涩的味道，千万次

滋润土地的沸腾

打湿灯下的宁静

千万次，味道的咸涩

茁壮了高楼的生长

激扬了隧道的舞动

千万次的汗滴啊

鼓舞桥梁的豪迈跨越

绽放图纸的五彩之梦

浇灌燃烧不熄的炉火

劈开不甘寂寞的煤层

千千万万

滴答的汗滴

交响成岁月

跌宕起伏的歌声

季节变换，汗滴

总是那么硕大充盈

一滴又一滴

无声，却有声

世世代代，点点滴滴

汇成河水滔滔

汇成大江冲冲

把滚滚岁月

涌动成万千风景

2.一次平凡的轮值

今日值班

今日值周

今日值机

今日值守

第3辑·歌　我仰天而歌

在天空，以蓝天白云为景
在地底，与岩石黑暗搏斗
在边塞，和风雨雪霜较量
在海岛，与海风海浪合奏
戈壁风沙如刀
哨所云雾为绸
值班，值周
值机，值守
把白天值成星光月夜
把夜晚值成灿烂白昼
把日子值成厚重人生
把季节值成岁月悠悠
目光紧盯着分分秒秒
心中怀揣着责任追求
鼠标在界面忙碌地舞动
按键在指下跳动着节奏
目光环视值勤的区域
脚步沿着责任穿梭巡走

一次轮值
兑现一次

无言的承诺

一次轮值

注释着对责任和使命的

坚守

一次轮值

完成人生路上

一次接力奔跑

一次轮值

把平凡的人生

加长加厚

今日我值班

今日我值周

今日我值机

今日我值守

无数今日

铸就了平凡人生

今日无数

织成江山锦绣

3.一次高难的焊接

无数次中，又一次

第3辑·歌 我仰天而歌

平凡的焊接

焊枪瞄准

责任和使命

大国航天需要

绝对第一

每一个焊点

都在凝神聚力

每一个焊点

都是中国智慧的

凝结与累积

焊枪焊出了无数

第一中的第一

鱼鳞纹展示出

美丽中的美丽

发丝般的气孔

减少到最低中的

最低

焊帽的温度四五十度

汗珠不住地

在滴，在滴

焊枪依然如故

始终沉稳如一

岁月随焊缝不断延伸

焊花绽放着

人生的精彩和美丽

4. 一次精密的加工

这是一个数控加工的世界

王者就是你

常晓飞，大国工匠

大国绝技

手中掌控的

是比头发丝还要小的

刻刀刀头

在零点一五毫米的金属丝上

刻下奇迹

让数控加工成为

精湛精美的艺术

成为精致精密的神奇

为了大国制造

你磨练自己，超越自己

一次又一次修改编程

一次又一次调控刀具

一次又一次变更装卡方式

一次又一次调整组刀轨迹

一次又一次挑战自我

一次又一次创造奇迹

一丝不苟

追求极致

超越精细的精细

胜过精密的精密

终于，你站在了

数控加工的

珠穆朗玛

你创造了

中国数控加工的

奇迹

5. 一刀煤的壮美

伟岸的采煤机

深入地下数百米

扎根坚固的黑暗里

在岩石与岩石之间

透过窗户，我便看见大秦岭

直挺挺，昂然屹立
向黑暗发起挑战
亿万年凝固不动的煤层
瞬间，掀起黑色的霹雳
一刀煤，涌起一排巨浪
一刀煤，绽放黑色的壮丽
一刀又一刀
持续不断，从不停息
沉醉的刀齿啊
欢快地割采
与煤交手
与煤过招
与煤舞蹈
与煤搏击
坚定地割采
尽情地发力
开动的那一刻
便劈开了一条
通往燃烧的路
亿万年不曾动摇的
黑暗，顷刻坍塌

乌亮乌亮的煤，哗啦啦

流成河，涌成浪，堆成山

人世间便有了

能够燃烧，能够裂变

能够超越自我的

黑色的壮丽

6. 一次平常的冶炼

关键词就是"冶炼"二字

这是和异常坚硬的金属

密不可分的过程

以火化缘

缘在火中

沸腾的煎熬

让铁水化蛹成蝶

纯净空灵

让铁水抛却杂念

立地成佛

淡若月明

就那么几十分钟

一千五百多度

紧紧张张

红红火火

轰轰烈烈

滚滚烫烫

时间被彻底熔化

汗水默不作声

终于，铁水

脱胎换骨

走向纯粹

完成洗礼

成为一炉纯净纯洁

一炉纯粹的神圣

由铁到钢就是这样

艰难神奇地幻化

无论雨雪霏霏

还是叶落无声

无论星月满天

还是云霞殷红

炉火总是在熊熊跃动

写于 2021 年五一劳动节期间

礼赞劳动

1. 就从一块打磨的石头开始

就从一块打磨的石头开始

我真诚地礼赞劳动

祖先的智慧在无数打磨中

迸射出开天辟地的火星

狩猎的场景

该是多么壮观和激烈啊

歌唱，跳跃，拥抱，欢腾

古老的劳动

就是这样痛快淋漓

幸福的感觉

那无私无畏的豪迈和英勇

如豆如星的火

是从劳动中燃起

风雨雪霜中照亮山河美景

陶器接纳米粟的丰盛

铁器在肥沃的土地上抒情

青铜呈现多姿多彩的庄严

活字在纸张上书写

五千年的文明

劳动在汗水中洗练

劳动在炉火中结晶

劳动在创造中伟大

劳动在平凡中升腾

一块打磨的石头

就是祖先纯朴的智慧

一簇燃烧开来的火苗

映照着祖先劳动的面孔

我真诚地礼赞啊

礼赞神圣的劳动

我深情地歌唱啊

歌唱劳动的神圣

2. 对镰刀和锄头总有特别的感情

不管怎么说

对镰刀和锄头

总有一种特别的感情

无论何时，也不会忘记

锄头锄地时和镰刀收割时

"嚓嚓"的响声

那是多么亲切而朴素的声音啊

让丰收变成踏实的笑容

如今，乡村虽然缺少了

昔日的热闹

朴实的庄稼却不改初衷

安静地发芽，使劲地成长

努力地茁壮，尽情地欢腾

人间四月，油菜花

从南向北

开成金黄色的风

北方绿到骨子里的麦子

起身，拔节，抽穗

一刻也不辜负古老的时令

在阳光和雨水的关照下

执着地走向成熟

去圆一片又一片黄灿灿的梦

沧桑的锄头啊

你是土地忠实的伙伴

古老的镰刀啊

你始终如一,对丰收饱含

满满的期待和深情

老天最最明白

汗水有多么值钱

劳动有多么神圣

普天之下,谁不惦念

今年是否有一个

好的收成

3. 给中国"手撕钢"献上我的诗句

给中国"手撕钢"献上我热情的诗句

这是我怀揣已久的心愿

我要给研发和制造"手撕钢"的劳动者

献上最崇高的礼赞

"手撕钢"

是中国宝武太钢公司

最引以为傲的不锈钢产品

它是无数"中国制造"中

又一个响当当闪亮亮的名字

薄薄的"手撕钢"啊
你是王天翔和他的"钢铁侠"们
汗水与智慧无数次组合
创造的神奇
你是劳动者为共和国交出的
又一份闪光的答卷
七百一十一次研发试验，炉火映红了
多少专注的双眼
四百五十二个工艺难题，伴随了多少
日月星辰，雨雪严寒
一百七十五个设备难关，见证了多少
不眠之夜，星光满天
每一次失败，都在为胜利
做着坚实的铺垫
每一次起点，都在坚韧的攀登中
顽强地迈向终点
百折不挠，勇往直前
厚度零点零二毫米，中国成功了
打破了国外的垄断
厚度零点零一五毫米，中国登上了
世界"手撕钢"的制高点

就这样，中国的"钢铁侠们"
用智慧和汗水
树起了"手撕钢"的中国标杆
用劳动和创造
挺起了"中国制造"的
铮铮铁骨和巍巍尊严
"手撕钢"啊，我想走近你
用深情的目光看一下
"中国制造"闪闪发光的颜面
"手撕钢"啊，我想轻轻地撕一下你
听听"中国制造"独特的声音里
响起的那份神圣和庄严
我要捧一束春天最美的诗句
献给让我们无比骄傲的
中国"手撕钢"
这是我怀揣已久的心愿

4. 塔吊是空中独特的风景

我总会注视高高的塔吊
他是空中独特的风景
在春风里忙碌舞动

在艳阳下节节上升

在秋叶里尽情欢快

在雪花中巍然直挺

他是劳动者强壮的身躯

扛起一座城市的风骨

他是劳动者结实的臂膀

托起无数的月夜和黎明

不知疲倦的塔吊啊

灵动而有力

无言而充满激情

大地就是舞台

蓝天就是背景

劳动者和自己的塔吊

是时空下的主角

默契就在一举一动

空中洒落的汗水

默不作声

浇灌出高高长起的

壮美的楼层

写于 2022 年 4 月 12 日至 13 日

透过窗户，我便看见大秦岭

描写春天
是不大容易的事情

春天来得好快

明显超过我的想象

一滴雨落下的那一刻

春天就已经来了

一片云飘过的那一刻

春风就已经到了

一只鸟在光秃的枝上

东张西望欢快鸣叫的那一刻

春天已经向我们

颔首微笑

我试图表现春天的模样

却总感到词语老套

我的想象好笨好笨

第3辑·歌

我仰天而歌

没有迎春花迅捷的姿态
也没有柳芽那么精巧玲珑
在不动声色中
把春天的窗户轻轻叩开
我的诗句好笨好笨
比不上深谙时令的芦苇
静静地在一湖春水中
荡起绿色的情怀
更没有鸟儿的机灵
用天使般清脆的鸣叫
歌唱这季节的精彩
描写春天的美好
是一件不大容易的事情
我抛却那些伪装的诗句
还原春天的一片本真
回归她没有雕饰的姿态

也许只有很小的时候
春天才是真正的春天
她和我们手拉手
从冰天雪地里走出

透过窗户，我便看见大秦岭

从冷飕飕的节气中走出

一起与温暖和煦相亲

一起和天真烂漫拥抱

我们听春天叙说

花儿绽放的秘密

我们听春天讲述

种子发芽的奥妙

我们和春天一起

唱歌、朗读、写字

喂猪、放羊、割草

扫地、洒水、栽下树苗

梦想、嬉笑、丢着沙包

望着天空一片一片的云朵

我们小小的心

欢快地飞飘

我们是刚刚发芽的

一棵小小的小草

我们是刚刚长出羽毛的

一只小小的小鸟

长出碧绿的叶子

是我们好大好大的梦想

第3辑·歌 我仰天而歌

飞向蓝蓝的天空

是我们好大好大的目标

我们就是春天的孩子

我们把春天画在纸上

我们把春天攥在手心

我们把春天装在书包

春天是我们贴心的伙伴

春天是我们崭新的衣袄

春天里最亲切的

不是高楼大厦

不是繁花似锦的光耀

那是多么庸俗的堆积

和虚伪的构造

春天不是矫揉造作

不是竞相迸发的喧闹

也不是刻意的展示与招摇

春天

是万物自然而然的苏醒

是山川大地随心随意的素描

是江河湖海自由自在的歌唱

是草木虫鱼无拘无束的舞蹈

是大地天真烂漫的微笑

是人间缤纷灿烂的歌谣

是荣与枯的轮回

是冷与艳的相告

是寂寞与热烈的招手

是生离与死别的拥抱

春天是我古老的村庄

一夜之间

变得青春年少

鸡在悠闲踱步

猪在安稳逍遥

马在激情昂首

牛在忠实辛劳

驴还是那样倔强固执

羊还是那样温顺可亲

他们演绎着春天的

千姿百态

演绎着年少的古老

和古老的年少

第3辑·歌

我仰天而歌

春天是我广阔的田野

扑面而来的风

荡起我的长发

掀起我的衣角

来自土地深处的

一条条谚语

让我和故乡的春天

如此密不可分

无论何时

总有一根长长的情丝

把我和土地紧紧缠绕

为希望松土

把誓言种下

给明天承诺

让梦想长高

从简约走向葱郁

从冷峻迈向崇高

季节的升华常常发生在

瞬息之间

一夜春风花开万千

一场春雨大地妖娆

透过窗户，我便看见大秦岭

看着乡间小路上的蚂蚁

我好想帮帮它们

又生怕把它们的忙碌打扰

春天里它们追梦的脚步

那样急促而辛劳

生长在田间的小草

世世代代不改初衷

不知迎送了多少

往来的脚印

也不知见惯了多少

人间的热闹和寂寥

在这个容不得一点马虎的季节

我们应该点瓜种豆

让土地安心孕育

发芽开花结果的故事

成全这个季节

最最神奇而美好的回报

我渴望抚摸在春风里

欢乐无比的一地麦子

让这牵肠挂肚的庄稼

搅动我的心潮

第3辑·歌 我仰天而歌

古老的麦子啊

你是这春天里

最动人的诗句

你可以安心起身赶路

颗粒灌浆的时节不远了

春风给你鼓劲加油

春雨帮你拔节长高

展望芒种的节气

我心中的快乐

超越了鸟的鸣叫

春天里描写春天

实在是一件不大容易的事情

春天

是自然最美的轮回

是天地最美的微笑

是大地温文尔雅的歌唱

是万物多姿多彩的舞蹈

是写给夏天灿烂的序言

是说给秋天深情的预告

我要张开双臂

给春天一个紧紧的拥抱
我要深情地道一声
春天，你好！

写于2019年3月13日至16日

春到人间

1. 在木王和一场雪相遇

与一场雪相遇

这是多么美好的事情

秦岭深处一个叫木王的地方

就这么不动声色地

完成着洁白素静

睡了一冬的杜鹃

眼看着就要醒了

雪雾苍茫,天地无言

唯有雪花在浪漫,干干净净

此刻,漫山的乔木和灌木

肃然静候,一石一物

正在升华为风景中

圣洁的风景

举步而行,踩雪的声音

轻叩心灵

春，真的要来了

雪花盛大而热烈地相迎

2. 新星村的脚步早早踩进了春天

正月初五，邓耀林便从西安回到了

秦巴山深处的汉阴县新星村

回到了属于他的路他的山

陌生了城市的喧嚣

熟悉着村子里的每一张笑脸

驻村帮扶，他已进入第八个年头了

寂静中孕育热烈

冬天里蓄势春天

年前，出栏的牛和羊的身影

依然清晰可见

还有黑腿鸡，红红的鸡冠

点燃了山村的黎明和夜晚

透过洁白透明的拱棚薄膜

十一个大棚菜绿绿的叶子

开始接受新一年阳光的滋润

瘦高的邓耀林，怀揣的梦想

已远远高过了新星村

房前屋后的大山

赶在雨水之前，山村的脚步

早早踩进了春天

3. 春天已站在了西直沟村的山峁峁上

春天总是这样

最先从每一孔窑洞里

走出，亮亮堂堂

这里是陕北绥德县义合镇西直沟

尽管时令还有点冷

其实，春天已经站在了

村后的山峁峁上

驻村干部郭爱国和他的同事

用五个春天的时光

让六百只山羊成为一群

落在地上的白云

他黝黑的面庞时常会绽放

春天一样的笑容

年前，他要离开西直沟了

山峁峁上羊圈里的那些山羊

望着他的背影，深情地在叫

他们亲手建起来的粉条厂

默默无语，回味他

五年来密密麻麻的脚印

他带走了乡亲们红枣般的情义

把完整的春天

留给了西直沟的角角落落

4. 麦子已经起身了

如同与花儿和蝴蝶

构成天然的默契一样

春天和麦子

是心心相印的好兄弟

最后一场雪后

麦子便整装待发

春风一到，春雨一来

便起身上路，忘我地成长

早晚的露珠只是装点江山

成熟才是须臾不可耽误的使命

绿油油，全部的本色不断呈现出来

使劲长，不辜负这大好时光

不需要吟诵那些耳熟能详的

唐诗宋词

亲切的诗句

就是这呼应时令的庄稼

好了，我顾不上看望

普天之下的鸟语花香

只倾情于在拔节中奔向成熟的

麦子的音韵平仄

每一个麦苗都是

最美的歌者

5. 院子里的白玉兰就要开了

雪后，我着意去看了看

院子里那两棵白玉兰

清清爽爽的枝条，挺着无数

含苞欲放的骨朵

千万年不改初衷的本真

她们的姿态冷静而沉着

在蓄势，在等待

时刻准备着

迎接一夜春风如痴如醉的

> 透过窗户，我便看见大秦岭

相拥，香吻
春风到来的那一刻
便尽情绽放，梦想成真
白玉兰啊，白玉兰
白过了雪山，白过了白云
灿烂从来无语
圣洁从不染尘

　　　　　　　写于 2022 年 2 月 20 日

秋　天

只有叶落的声音

无言地作响

只有鸟飞的声音

呼啦啦在唱

只有月亮升起和落下的

声音

静成一片遐想

只有秋水流过的

清冽的声音

淘洗喧嚣的

时光

只有花草睡去的声音

静成丛丛梦想

只有蚂蚁搬家的声音

匆匆成

透过窗户，我便看见大秦岭

无声的繁忙

秋天来了
我就在老家的院子里
感受秋天
三只宁静的鸡
在漫步啄虫
一行大雁
在空中飞翔
秋天就是院子里
那些落下的黄了的
叶子，在飘扬
夜晚落在院子里的
静静的月光
在明亮

我用树枝在地上
画秋天的模样
就画一棵树
开始走向简约
就画树下一地的叶子

第 3 辑 · 歌　我仰天而歌

开始回归泥土
就画一只鸟
在繁华落尽的枝条上
啁啾远望

我画一条河
已没有了燥热
石头露出水面
回归涌动过后的
平常
河边的花草
是告别的仪态
河中的鹅卵石
呈现一片安详

我画一座桥
摇摇晃晃
桥下是小河
静静地流淌
桥的两头连接着
秋天的景象

透过窗户，我便看见大秦岭

我画一场秋雨
在编织秋天的梦想
滴答着我的雨伞
敲打着春天的
希望

我画秋天
一棵树
　是一树畅想
一座山
　是一座端庄
一只鸟
　是一片自由
一块石头
　是一块坚强
一条路
　是一个希望
遍地月光
　是遍地的
梦想

写于2016年9月20日午后

这就是春天

1

沉静得出奇

洁白得出奇

好个白玉兰

早早地

把你的花儿绽放

早早地

把你的香气弥散

早早地

你就成为春天

有谁会忍得住

不醉心地

看你

直看得心生爱恋

2

山上的桃花开了

在一个早晨

或是一个

夜晚

那开放时的

瞬间

该是什么模样

羞涩还是大方

爽朗还是腼腆

只有星星和云彩

才能看得见

现在，春天就在眼前

桃花满山开遍

热烈而又寂寞

微笑却又无言

只有漫山的香味

在春风里弥漫

3

一只蜜蜂

第3辑·歌

我仰天而歌

便是春天

它让我们知道

这世界不只是花儿

还有看不见的

甜蜜和芳香

一只鸟儿

便是春天

春天就是她

美丽的羽毛

和翅膀

一片云彩

便是春天

她让天空飘逸出

无限的遐想

一条小溪

便是春天

曲曲折折

穿过罅隙石缝

磨过万千石卵

终是一路

爽朗

4

荠荠菜

这是春天给予我们的

淳朴礼物

土地的味道

田野的醇香

轻而易举地

在这个季节

深入情感的根部

让日益矫情的口感

彻底认输

好厉害啊

我的荠荠菜

你让春天

穿肠而过

深入骨髓

5

杨柳依依

湖水清清

春天的姿态

委婉缠绵

第3辑·歌　我仰天而歌

悠闲的猫

自由自在的狗

醉心嬉闹的孩子

时尚的俊男少女

沿着湖岸散步的

老老少少

都是这美好季节的

主人

花儿专心地

开放

露头的蒲苇

在水中

青青复青青

鸟儿在空中

飞来飞去

生活一派崭新

天地温文尔雅

世界充满爱意

春天带着我们

一起

天真烂漫

写于 2018 年 3 月 24 日晨

透过窗户，我便看见大秦岭

春天的雨水

一夜雨水

沿着我深情的吟诵

滴

落

从风情万种的柳丝上

滴

落

从万物复苏的梦想中

滴

落

向人间报到

向大地问好

一个全新季节

正在孕育勃发

万物的睡去和醒来

第 3 辑 · 歌

我仰天而歌

总是默不作声

一切都是静悄悄

美好的声音

常常来自

根部

来自根部的声音

总是雨水般

美好

干枯的藤蔓

依然纠结着

当初的热闹

盘旋在冬天的黄叶

依然回味

曾经的美妙

不失自我的枝条

依然光秃地保持着

伸向天空的崇高

耗尽血液的

<u>丛丛蒿草</u>

依然以絮叨的神态

不尽地絮叨

即使已经气绝身倒

干枯的姿态

依然是奔跑

没有一点悲凉

也没有一丝懊恼

把自己枯死成

绝美而自由的

风景

枯死成姿态万千的

路标

风干的尸骨

讲述金戈铁马的经历

曾经的轰轰烈烈

曾经的盎然浩浩

曾经的粉蝶花香

曾经的壮怀英豪

凝固成纵横交错的

雕塑

直观而深刻

简洁而明了

开始与结束

沧桑与光耀

会聚与别离

繁花与凋零

在一个轮回中完成

成为风景

成为终将逝去的

浩淼

眼前的雨水

这温文尔雅的雨水啊

你洁美而浪漫

从石器的打磨声中滴落

从陶器古老的鱼纹中滴落

从秦砖汉瓦的纹理中滴落

从唐诗中的夜晚滴落

从宋词的平平仄仄中滴落

从古琴幽远的弹奏声中滴落

滴落成大千世界的

一片崭新图画

一幅全新素描

透过窗户，我便看见大秦岭

我是沧桑的森林

这多情的雨水

你就淋湿我的枝条吧

我要在风中尽情舞蹈

我要拥抱蓝天和白云

我要守护花朵和小鸟

我要迎接太阳的照耀

这多情的雨水

你就深入我的骨髓吧

让我领会春天的叮咛

我会昂首而立

挺直我的身腰

我的每一个枝条

都会升起信念的旗帜

我已做好了准备

迎接大风的

拥抱

我是破土的小草

这多情的雨水

你就淋湿我吧

深入我的根部

鼓舞我的渺小

让我和泥土更紧密一些

把春天的梦想

在一片漆黑中

湿润我的每一个芽尖

激发我的每一个细胞

让我立足大地伸展

向着蓝天奔跑

我会为春天

长出我的碧绿

我会在风中

生出我的微笑

净洁的雨水

让万物安慰而自豪

一切变得格外紧迫

忙碌的不只是

北方的麦子

和南方的禾苗

怀揣梦想的一人一物

都在珍惜这难得的滋润

专心发芽

专心萌翠

专心抽枝

专心吐蕊

专心梦想

这温情而诗意的雨水啊

你的湿润

是万物的湿润

你的微笑

是人间的微笑

你的梦想

是天地的梦想

雨水中

鸟在出发

风在奔跑

我的诗句

湿润而碧绿

是唱给这美好季节

青翠的歌谣

写于2019年3月2日雨中

与春天撞了个满怀

第3辑·歌　我仰天而歌

打开手机

与春天撞了个满怀

雨丝和微风相遇

拥抱出一片花海

长短不一的句子

鼓胀出了绿芽

春天的气息

熏染了一个个平台

剪刀般古老的诗句

沿着长长的柳丝

嚓嚓地吟唱开来

鸟儿张开崭新的翅膀

飞出自由的风采

蜜蜂紧紧地贴着花儿

忘我地采着自己的心爱
蹦蹦跳跳的小鹿
静下来的那一刻
痴情地望着悠闲的云彩

到处都是春天了
迎面的一瞬间
我与春天撞了个满怀
桃花撞落一地
蝴蝶飞了起来
鸟儿惊动了小草
小鹿告别了云彩
只有蜂儿依然紧紧地
贴着花儿
静静地采着
采着自己的心爱

春分的节气
鼓舞着万物的根脉
大大小小的生命
一刻也不敢懈怠

天地焕然一新

春天迎面而来

我与她撞了个满怀

撞跑了小鹿

撞碎了鸟声

撞落了花开

只有春之声在春风里

缓缓地响了起来

写于 2019 年 3 月 22 日下午

花儿总是开得参差不齐

有的花儿

早早地醒来

早早地展开梦想

开得一塌糊涂

开得如痴如醉

开得纵情不羁

蝴蝶来拥抱

蜂儿来亲密

每一个花瓣

都陶醉在梦里

有的花儿

早早地散尽香气

早早地风烛残年

早早地耗尽心力

奄奄一息

气绝身亡

凋谢一地

任南来北往的脚

踩成黑暗

成为枯死的垃圾

有的花儿

缩在花苞里

春风吹不开

春雨叫不醒

死劲地睡

一点也不知道

外面的世界

已是歌声四起

微笑遍地

有的花儿

住在高高的山顶

开给石头

开给风

开给飘过的云朵

开给相邻的

乔木和灌木

或许有蜂有蝴蝶

有小极了的虫子

在亲近

没有人知道

盛开成孤独

凋谢成寂寞

死得无声无息

有的花儿

在公园

在街道

在花坛

在大道两边

站得整整齐齐

紧随春风而动

开得恰是时候

绽放成微笑

绽放成妩媚

第3辑·歌

我仰天而歌

绽放成妖娆

绽放成万般的

柔情蜜意

成为别人的风景

是自己

不是自己

有的花儿

在家里

在办公室

在会议室

在热热闹闹的场所

被修饰

被浇灌

被放置在体面的领地

有灯光

有歌声

有掌声

风姿艳丽

却失去了阳光和风雨

失去了蓝天和大地

透过窗户，我便看见大秦岭

春天的花儿

五颜六色

千姿百态

大大小小

迟迟早早

长长短短

高高低低

都是花儿

都在春天里

却总开得

参差不齐

写于 2020 年 3 月 24 日

写给春天的燕子

燕子,你就飞吧

这个季节

梦想遍布天空和大地

你是黑色的精灵

尽情地展开羽翼

衔一片云彩

吮几口清溪

整个春天

便属于你

燕子,你就尽情地飞吧

杨柳是你不变的风景

翠青的枝条

告诉你春的消息

这个季节

透过窗户，我便看见大秦岭

生长阳光与自由
辽阔与美好
冬天里所有的疤痕
都会绽放成
五彩斑斓的美丽

燕子，你就尽情地飞吧
把黑色的矫健带给蓝天
把多彩的梦想
播向天际
把红色的忠诚
留给屋檐
你与杨柳共同构成
人间的诗情画意
小小的燕窝
是你永远的归宿
点点泥草
温馨着你的四季

燕子，你就飞吧
这个季节属于
盛开的花朵

第 3 辑 · 歌

我仰天而歌

与绽放的微笑

属于激情的歌声

与崭新的羽翼

属于炽热的爱情

与飞扬的梦想

属于草原的辽阔

与骏马的无羁

属于河流的奔腾不息

与大海的一望无际

属于小草的青翠

和森林的茂密

属于歌唱中自由飞翔的

你的朋友们

属于自由地划过天空

与云霞比翼的你

燕子，你尽情地飞吧

你黑色的羽毛

是春天独特的风景

你飞翔的姿态

是给春天

最美的赠礼

透过窗户，我便看见大秦岭

燕子，你就飞吧
白云朵朵属于你
杨柳依依属于你
溪水潺潺属于你
屋檐静静当然
也属于你
你就自由地飞翔吧
飞成黑色的闪电
飞成黑色的霹雳
飞成黑色的精灵
飞成黑色的飘逸
无论你飞得多高多远
屋檐是你永远的家啊
泥草筑成的燕窝
永远属于
你的黑色美丽
属于美丽的黑色的
你

写于 2020 年 3 月 8 日上午

芒种时节

这个节气
浸透着阳光与汗水
对麦子思念的长短
就是这座城与故乡之间的
距离
每年
遥远了的麦子
都会伴随这个节气的到来
在我的心里金黄成
一片炎热
一脸欢喜
一身劳累
一抹希冀
那一刻
黄灿灿齐刷刷的麦子

透过窗户，我便看见大秦岭

便近在眼前
这个时候
城市会退居身后
变得异常渺小
小成一颗麦粒

过往的岁月
――归来
负重的架子车
粗壮的麻绳
古老的镰刀
咸涩的汗水
许多与麦子相关的
一物一什
在情感的深处
――汇集
成为近在眼前的
活物
喊声与笑声
仰天长叹的疲惫
一切的辛苦与快乐
都围绕着麦子

展开

星星满天

月亮静谧

夏虫唧唧

夏风习习

这一切轻而易举地构成

劳累过后

如醉如痴的轻松

和惬意

收割、拉运

摊场、碾打

翻场、起场

扬场

这些劳作的场景

永远不会别离

依旧在芒种的指引下

保持着应有的诚实

年年岁岁在解读着

劳动的含义

贯穿其中的每一滴汗水

都是一颗颗

透过窗户，我便看见大秦岭

饱满的麦粒

在烈日炎炎的日子

这一切不断升华为

幸福快乐的时光

无与伦比

芒种真的好忙啊

有多少劳累

已被丢失和遗弃

有多少快乐

已被遗忘和迷失

一穗麦子

就是一串汗水

一粒麦子

曾经也是

一颗泪滴

只有深爱土地的人

对芒种

才如此敏感

而又深怀敬意

写于 2020 年 6 月 10 日

下起了大雪

雪，从深更半夜下起
清早便成一种惊喜
也许这是今年最后一场雪
我把她作为诗的标题
这样，雪花会落成
一片诗意
此刻，我安逸地
躺在床上
透过挂满尘痕的窗户玻璃
看雪花怀揣洁白
不与人语
超然飘逸

我很想把今天
留在诗中——

透过窗户，我便看见大秦岭

2021 年 12 月 25 日 11 点 30

我开始遐想

"新冠"应该在这场雪中

死去，死得彻彻底底

抗疫的人们

终于可以卸下防护的一切

长长地呼一口气

再长长地吸一口

雪花给予的清新的空气

然后转身回家

与亲人团聚

一城的人在同一时间

可以仰天齐呼

雪花，您好

我们一起洁白大地

雪中，无需劝说

世界停止了争辩

万物都安静了下来

这是需要闭目体悟的境界

炉火可以近在眼前

第3辑·歌

我仰天而歌

一壶茶沸腾着记忆

我听母亲絮叨

不管冬天多冷

年终归要过

节气总是紧跟着节气

院子里的那棵幼小的银杏树

在那个冬天冻死了

它的根扎在我的心里

依旧充满绿意

父亲默不作声

似乎要从一场雪中

拾回从前的记忆

雪中，最美的感觉

就是成为

树枝上的那只鸟

看遍世界都是一片圣洁

不经意会看到

那棵柿树残留的

几个柿子

落下的雪遮不住

> 透过窗户，我便看见大秦岭

被寒冷潋滟出的
一团火一样的红
此时，钢琴声已自心中
升腾响起

写成于 2021 年 12 月 25 日中午 12 点 40 分

下雪的时候

第3辑·歌 我仰天而歌

1

这是世界最宁静的

时候

天空和大地

静得

只有雪花

在飘

2

超脱尘世的

超脱

悠闲尘世的

悠闲

飘飘雪花

超凡脱俗成

片片自由自在

3
洁白成
没有一点杂质的
洁白
湿润成
直抵肺腑的
湿润
世界焕然一新
唯有此时
才能呼吸到
难得的纯真

4
雪花中
山
庄严得
更是山
水
雅静得

也更是水

这时，最适合

一个人透过窗户

凝神远望

5

因为雪花和鸟儿

光秃秃的树枝

充满了诗意

纵横交错

都是风景

伸向天空的

每一个枝条

都隐藏着

蓄势待发的

一派春天

6

雪后的天空

是真的天空

雪后的大地

> 透过窗户，我便看见大秦岭

是真的大地

雪后的阳光

更是真的阳光

干干净净

亮亮堂堂的世界

等待春天

迈步而来

写于 2019 年 1 月 31 日雪后

雪中遐想

1

圣洁一直只游荡在
梦中
唯有这时
才在眼前

2

雪花当然是花儿
开得悠然安静
内心宁静的人
才能体味到
这世界难得的
淡淡清香

3

一场雪

可以让一座城

回到久远的过去

雪花中

人的影子

才成为庄严的

佛

4

雪中的红豆

如同点点火苗

轻而易举

会燃起

对春天的向往

5

大千世界

只有一个字

静

静得只有

浅浅的
笑

6

洁白的雪路
经不住
杂乱的脚
不经意地踩
踩着踩着
路便脏了

7

山里的雪
才是真正能够
坚守自我的
雪
不会被轻易
打扰
寂寞中
她在安静地
孕育春天

8
雪花飘飘
漫天诗句
自由而纯粹
如调皮的孩子
在随意跑动

9
在生活面前
人无一例外
变得严肃而苍老
一场雪
让我们都可以
成为孩子

写于2018年1月4日雪天

今日大雪

——写在2020年"大雪"节气之日

1

和许多节气一样
这个节气
美得只需要两个
仪态万千的汉字
表达
"大雪"啊
好大的雪
雪,真的好大
就两个字
便把沧桑农事
人间冷暖
写成白茫茫一片
笔画之间

一望无际

有与没有

下与不下

已经无关紧要

日子到了这一天

已是大雪无痕

无需眼望

满世界只有一个

白

2

在北方的机场

登机的一刻，雪花

微飘，古人的智慧

开始纷纷扬扬

神奇，总会在最恰当的

那一刻，让你折服

不管风云变幻

古老的流传

总会灵验

天与地

古与今

小到一片叶子

一只蚂蚁

大到山川河流

日月星辰

就在那个特定的时间

沿路而来

抑或顺路而去

天经地义

自然而然

节气，逢到那个节

便有那个气

大自然总是胸有成竹

心中自有盘算

3

没有雪花的雪花

实在是一种大美啊

只可意会

不能言传

可以零零星星

轻歌漫舞

柔美尽显

如少女般的娇嗔

羞涩而无声的微笑

浅浅，浅浅

可以纷纷扬扬

鹅毛般尽情飘洒

在天地之间

肆意浪漫

把昼夜落满

让世界归于宁静

让色彩回归本源

这一生

最美的景色

也许就是在一场大雪中

你和我从此刻出发

走向白茫茫的

从前

4

屋外，大雪纷纷

第3辑·歌

我仰天而歌

屋内，围炉煮茶

灯下夜话

这是大雪这个节气

最合适不过的场景

可以是野草一样

绿意茂密的闲话

也可以是穿越无数风霜的

一句句粗壮的谚语

因了大雪的召唤

在时光里会聚

离奇的故事

迷人的传说

曲折的姻缘

惊险的经历

人间烟火

爱恨情仇

都在雪花中绽放

又在雪花中收场

厚厚的大雪

让无比狡黠的人世

一夜之间

变得纯洁而古老

此刻，万物无语

天地大美

5

这个节气

干干净净

文文雅雅

除了干净，还是

干净

除了文雅，还是

文雅

我愿意把她比作

一位叫大雪的

腼腆的女孩

说话的姿态和神情

便是雪花轻飘的样子

从不惊动

周围的空气

在大雪面前

灰尘和噪声注定是

多余的存在
面对这个节气
我感觉自己
总是那么脏

写于2020年12月7日大雪节气

透过窗户，我便看见大秦岭

春天，
在南山下看望一片麦子

照实说吧，饥饿已经遥远
便陌生了土地与庄稼的容颜
也淡忘了曾经的脚印
深，或是浅
甚至，已不大情愿回忆
粉身碎骨，失去很久的
那些咸涩的汗

我总有些不安
生怕和麦子
断了应有的挂牵
便不时会想念麦子
无言地想念
就这样，在南山下

我独自久久地蹲下

看望一片绿绿的

麦田，抚摸永不陈旧的

麦苗，亲切的感觉

漫过心田

看青青的麦子

青青成现在和从前

一地的蓬勃，春风里

荡漾成碧绿的腼腆

晶莹的露珠与丛丛麦苗

静静地亲密

静静地耳鬓厮磨

静静成圣洁的意境

不为人知的

那份甜

看春风里的麦子

微微摇曳

一地笑颜

根部在默默地鼓劲

透过窗户，我便看见大秦岭

不辜负季节的召唤

分蘖，多多地分蘖

分出丛丛希望

拔节，快快地拔节

拔出麦子的腰杆

孕育，慢慢地孕育

孕育颗粒的饱满

从和土地拥抱的那一刻起

就在风雨雪霜里追梦

追成绿色的微笑

春风里，一地麦子

正在涌动

碧绿的波澜

独自一人

南山下，我蹲着

看望一片碧绿的麦子

两边是开花的树林

鸟儿叫得好欢

我只看望亲切的麦子

心里好生舒坦

抚摸着麦苗

如同抚摸孩子的

稚嫩和腼腆

起身要走的那一刻

心中泛起一片金黄

饥饿的岁月却在心里

滚滚翻卷

写于 2021 年 3 月 15 日至 20 日

第4辑

永

我长歌而咏

第4辑·咏　我长歌而咏

中秋的月，
有我的思念和遐想

中秋的月有我的思念和遐想
清亮而又纯粹，纯粹而又清亮
每一缕月光
都是从唐诗宋词里伸出来的句子
一轮圆月映照出从前老师的形象
过去的时光在满天清辉里清晰重现
师恩让人终生难忘

我怀念村头小学的课堂
清脆的铃声伴奏着稚嫩的时光
人生就是从语文、算术开始
打开课本就打开了知识的门窗
"上下左右，山石田土"
一笔一画倾注着老师的心血

透过窗户，我便看见大秦岭

加减乘除，四则运算
开启了年少的理想
每一份作业里都有老师的期待
红色的批语凝结着老师的希望
此刻，老师的身影
就从这中秋的月亮里走来
老师的话语
就是那一缕缕清亮亮的月光

我怀念中学崭新的课堂
汽灯把早晚自习照得通亮通亮
作文总会写"一件难忘的事情"
数理化种下科学的梦想
老师的提问时常让小小的心咚咚直跳
老师生动的讲解总会令人心驰神往
嘹亮的歌声
唱响年少的欢乐
蹦蹦跳跳的活力
奔跑在宽阔的操场
黑板与粉笔是变又不变的风景
三尺讲台定格着老师神圣的形象

想起老师窗前那一盏明亮的灯光

就想起这秋夜

一轮圆圆的月亮

我怀念大学豁然开朗的课堂

那时，我们怀揣梦想来到长寿塬下

活跃的思想如同鸟儿

展开了奋飞的翅膀

难忘古代汉语老师

"之乎者也"的严谨表情

难忘古典文学老师

对楚辞汉赋唐诗宋词的吟唱

难忘美学老师

对"美"引人入胜的阐释

难忘外国文学老师

对名著的解析和评讲

难忘历史老师

把历史讲得波澜起伏、如在眼前

难忘当代文学老师

把《班主任》《窗口》《人生》给我们鉴赏

"泉水叮咚，泉水叮咚，泉水叮咚响"

第4辑·咏 我长歌而咏

透过窗户，我便看见大秦岭

青春年华在悠扬的歌声里飞扬
"再过二十年，我们来相会"
歌声唱出了一代人的理想
春夏秋冬各有各的风景
校园的红枫染红了青春的时光
教室后面的炉火
总是那么通红
映照着每一个人对未来的向往
此刻，中秋的月亮又要升起来了
月光里的从前是诗意的从前
师恩就是今夜的月光

中秋的月亮最圆最亮
月光照在山上
山有我神圣的敬仰
月光照在水上
水有我深情的念想
就让蝴蝶轻轻地飞来吧
就让秋虫放声歌唱
师恩是中秋的月亮
我静静地回忆与仰望

师恩是遍地的月光
我深深地思念和遐想

　　　　　写于 2022 年 9 月 5 日

透过窗户，我便看见大秦岭

今夜肯定应当有月亮

却看不见月亮

月亮是一种感觉，出现

还是不出现

她总是那样的

亮

我的窗外

只有灯光

在照，蛐蛐们还在

唱，树枝在轻轻地晃

月亮看不见

却亮在我的

心上

写于2015年9月27日中秋节晚

第4辑·咏　我长歌而咏

我的诗句在月光里飞扬

一个人的世界

最容易辽阔

月光与水

一起宁静

那一方窗户

灯光照亮了

一片遐想

你在哪里

为何没有凭窗

张望

你在何方

是在秋夜的水边

吟诵月光

还是在秋风里

> 透过窗户，我便看见大秦岭

站在高高的山上
对着星空
歌唱

我多情的诗句
等了好久
你转身而去的日子
我就在水边守候
月光下
秋虫清脆地吟唱
每一句都传递着
秋夜的微凉
你在哪里
我的诗句
已在月光里
飞扬

写于 2016 年 9 月 14 日午夜

冬日暖阳

冬日暖阳
是我深深的念想
温暖一生
在我的心中
珍藏

风吹过四季
叶子变为金黄
树简单成孤独
只留下对过往的
深深念想

就念想
冬日暖阳
并不是风景

透过窗户，我便看见大秦岭

而是阳光对季节的
丝丝仁爱
温暖一世的
时光

冬日暖阳
是天空对大地
千丝万缕的微笑
是阳光对森林
穿越时空的
一份慈祥

念想冬日暖阳
念想寒冷中
阳光给予的明媚
是一个微笑
是一个点头
是大雪过后
穿透积雪的
温暖和明亮

写于2017年2月11日农历正月十五晨

今天是七夕

第4辑·咏 我长歌而咏

今天是七夕

我们之间

隔着一首诗的距离

我在诗的这头

你在诗的那头

我把诗写给你

我们一起吟诵

我们之间便只有七夕

而没有距离

今天是七夕

在北戴河繁华的街道

我挽着你

我们一起望月亮

为了今夜弯弯的明亮

透过窗户，我便看见大秦岭

月亮已行走了足足一年
经历了秋霜冬雪
经历了春风夏雨
半个月亮爬上来了
成为今夜我们凝望的
风景

今天是七夕
我们只隔着一首诗的距离
我就抽出沾满露珠的诗句
在月亮下给你
你吟诵的那一刻
我们已在月亮下
并肩走在一起
晚风吹来
月亮好亮好亮
今夜最美好的事情
就是我挽着你
吟诵着诗
行走在月光里

写于 2019 年 8 月 7 日农历七月七日七夕节

立 秋

你们都回吧

让我坐在这亿万年

风蚀浪咬的礁石上

等待

现在是农历七月八日

从今天起

这望不到尽头的水

已是秋水了

我不牵挂远处的白帆

我只等待庄子和他笔下的

河伯与北海若

他们是秋水中诞生的智者

我很想听听他们之间

与秋水有关而无关的对话

每一句都经过秋水的淘洗

真理的界面

浩瀚无垠

井鼁与海

夏虫与冰

小石小木与大山

稊米与大仓

他们构成一种

再简单不过的关系

我们常常忘乎所以

真理习惯于在秋天诞生

万木萧萧

北雁南飞

夏虫奄奄

秋虫吟吟

立秋了

一个"秋"字

充满了诗意

我等待一地叶落

等待世界裸露出本来的样子

此时，庄子作为朗读者

给我们吟诵

题目就是《秋水》

那是多么美好的事情

立秋了

秋立起来了

立起来的

应该还有许多

写于 2019 年 8 月 8 日农历七月八日立秋

歌声就是你

清脆的歌声
就是这仲夏夜
闪亮亮的你
多彩而迷人
闪亮成
今夜灯光的迷离

悠扬的歌声
就是这仲夏夜
笑盈盈的你
如浅浅的
一杯红酒
醉成今夜浅浅的
一抿甜蜜

第4辑·咏 我长歌而咏

柔美的歌声

就是这仲夏夜

轻盈盈的你

如雨后轻盈盈的彩虹

飘扬成天边的

一抹美丽

清亮的歌声

就是这仲夏夜

清凌凌的你

如一汪清凌凌的

泉水

掬一捧

便是醉人的沉迷

美丽的歌声

就是这仲夏夜

多姿多彩的你

飘扬成美丽的蝴蝶

和蝴蝶的美丽

飞在梦里的花园

和花园的梦里

醉人的歌声啊
是今夜的月亮
是今夜的星光
辉映一池涟漪
漫过这仲夏夜的时光
漫过我浩瀚的
心里

在这仲夏夜
我就骑一匹白马
沿着你轻扬的歌声
纵情飞驰
飞过草原的辽阔
穿过森林的茂密
翻过山冈的崎岖
跃过河流的湍急
嗒嗒的马蹄声
是献给你的伴奏
把你多彩的音符

播洒在天空和大地

你美丽的歌声

已是天上飘动的

云彩了

我要用深情的目光

远远地追你

直追到天际

你美丽的歌声

已是空中飞翔的

鸟儿了

我是风是阳光

紧紧地伴随着你

奋飞的羽翼

写于 2020 年 8 月 5 日

透过窗户，我便看见大秦岭

月亮下，我愿一无所有

只带着蛐蛐

清脆的声音

只带着沾满露珠的

凉凉的秋意

我站在平遥古城

厚实的城墙下

举头望明月

从此刻望到从前

从迷离望到清晰

月亮明亮亮地

也在望我

从遥远望到咫尺

从咫尺望到遥远

望成秋夜的安静

望成秋月的默契

第 4 辑 · 咏

我长歌而咏

这一刻，我的世界

便是月亮的世界

月亮的世界

就是我的世界

我们拥有同一个寥廓

默守同一个静谧

月亮下

我愿一无所有

只有与月亮

明亮亮的默契

今夜，我只拥有月亮

望月的那一刻

我便回到了从前，回到了

比遥远还要遥远的

四季，春夏秋冬

时序更替

我与月亮相处

明白阴晴圆缺的意义

月亮的境界就是

不动声色

透过窗户，我便看见大秦岭

明亮无比

宁静之外，还是宁静

没有五彩缤纷

也不需要神圣壮丽

一切终归都要走向

简约，简约成月的明亮

简约成秋的气息

如秋鸟，向秋飞去

如秋风，自秋吹起

如秋叶，对秋起舞

如秋水，把秋淘洗

月亮下

我愿一无所有

只有与月亮

明亮亮的默契

今夜，我只属于月亮

她懂我的情

我知她的意

她是我的静谧

我是她的默契

我们合二为一
我们就是明亮亮静谧谧的
那个一
我们举杯对饮,觥筹交错
任酒香在这秋夜
泛滥洋溢
月亮下
我愿一无所有
只有与月亮
明亮亮的默契

今夜,一切变得简单
世界,退缩于身后
故乡,沉淀在心底
我只拥有月亮的明亮
月亮也拥有我的清晰
我们彼此照亮
对方的天地
我们一起跨宇而行
步入古老的从前
森林安静地护卫着茂密

透过窗户，我便看见大秦岭

石头沉稳地厮守着小溪

大象的脚步

踩着不动声色的岁月

白马悠闲地

徜徉在碧绿的草地

蝴蝶的翅膀

不惊动周围的空气

时光没有喧嚣

世界静洁无比

只有我和月亮

静静地相望

望穿秋夜

望穿秋水

望穿秋风

望穿秋意

直望过无涯之外的

无涯

天际之外的

天际

此刻，我们就是

天真的孩子

沉醉于天真的甜蜜

我们就是

失忆的老者

沧桑已经沉底

我们只沉醉于

洗尽铅华、返璞归真的

失忆

我们就是热恋的

少男少女

忘却了整个人世

只陶醉在如痴如醉的

情爱里

月亮下

我愿一无所有

只有我和月亮

明亮亮的默契

写于 2020 年 10 月 10 日夜

春天来了，我在怀念秋

春天来了
我在怀念秋
秋不远
就在冬的前头

她比冬天
多了几分诗情
天高云淡
叶漂水流
无言的秋夜
难忘那一弯明月
和一杯美酒

她比夏天
清凉和缤纷

第4辑·咏 我长歌而咏

秋风习习

一池清水

已被吹皱

层层微涟

承载了多少悠悠

内敛就在其中

比热烈

多了几分

深长和醇厚

她比春天

要理智和清瘦

甚至有些冷峻

满地别离

叶落幽幽

却把本真

还原给世界

告诉岁月

留下的才是

成熟

透过窗户，我便看见大秦岭

春天来了

我在深深地

怀念秋

秋不远

与夏天相邻

在冬的前头

和春天相望

与日月相守

秋就是我至爱的

那一弯明月

那一杯美酒

写于 2017 年 2 月 11 日

农历正月十五日正午时分

品味颜色

1. 黑

这么凝重

这么沉默

这么肤浅

又这么深刻

是一无所有

又拥有许许多多

各种方式都无法

把他叫醒

锋利的阳光

也刺他不破

没有一个字

也找不见一句话

没有脚印

透过窗户，我便看见大秦岭

也没有车辙
是白天，云块堆积
在准备一场暴雨
是夜晚，没有
灯光与星月

能听到缝隙里的
呼唤，能感到
幽深的遥远
有石头跌落
醒着，已经睡去
睡去，仍在醒着
凝固，凝固成
方方正正的一块巨石
凝固成纹丝不动的
一块沉沉的铸铁
任凭风吹雨打
坚守着风吹日晒
斑斑驳驳的岁月
沉默的清醒
清醒的沉默

能听到，每一个细胞
都在燃烧，升腾起
熊熊烈火

2. 红

是鲜血，每一滴
都包含着树枝般的
舞动与召唤，根须般的
故事与情节
足以让土地
痛苦或者欢乐
足以让千万只鸟
展翅飞跃
足以让血脉贲张
冲锋，攀爬，跨越
交火，厮杀，肉搏
终于，遍布弹痕的岁月
在硝烟过后
凝固成谈笑风生的
日出日落

透过窗户，我便看见大秦岭

是朝霞，染亮了

东山上的云朵

跃动，燃烧

燃烧，跃动

升起一片又一片

云火

希望与召唤

荣耀与骄傲

呼啦啦响起

在天空蓬勃

是晚霞，为黑夜而祭

为明天放歌

把过往燃烧成灰烬

血色的霞光

霞光的血色

又一次铺展开来

染红了高楼

染红了大漠

染红了远山

染红了长河

染红了海浪中

渔船的颠颠簸簸

染红了田野里

高粱与风的唱和

染红了天空歌唱的雁阵

染红了人世间

隐藏的痛苦和裸露的

欢乐

平地与高楼

喧嚣与静默

统统成为风景

参差错落

3. 黄

雍容华贵，绝对

属于皇家气魄

高贵，灿烂

欢快，愉悦

神圣，神秘

是高大，是辽阔

是光华四射

透过窗户，我便看见大秦岭

是深不可测

虎踞龙蟠
深宫殿宇
高堂明镜
龙椅龙座
冰冷而神圣
森严而热烈
轻而易举
让其他色彩
向后退缩

每一个色素里
沉淀着秘闻
凝结着盘根错节
无数刀光剑影
在庄严的殿堂
时闪时躲
宝气十足的色调
是一片漆黑
是一片苍白

是一片血红

影影绰绰

4. 绿

湿润，葱郁

安静，祥和

好舒服的颜色

通身充满生长的欲望

对生命做着

无言的解说

来自大地深处的精华

通达每一根枝条

遍布每一片叶脉

从早到晚

生出希望与欢乐

目光沉迷

陶醉呼吸

随情随性

随心随意

一叶叶梦想

> 透过窗户，我便看见大秦岭

纵横交错

为山水着色

为花儿衬托

多么天真无邪的颜色啊

与阳光和雨水

构成一种与生俱来的

默契，不放过任何一段

有利的时光

彻彻底底

绿成少有的纯粹

直至凋谢和零落

写于 2020 年 11 月 10 日至 14 日

第4辑 · 咏　我长歌而咏

被诗温暖的冬夜

冬夜,我们以诗取暖
一间小屋
宛如一座殿堂
一杯热茶
温润一段时光

一首诗
几枚巧克力
共守一个静
静成绝美的
温馨与高尚

呼吸之间
我们微微而笑
散步于深深浅浅的

透过窗户，我便看见大秦岭

诗行

词与词

轻轻地，吻

吻湿了静美的时光

句与句

紧紧地，抱

抱成静中的一片

遐想

诗中，细雨蒙蒙

雪花飘飘

鸽子飞翔

灯光，温文尔雅

亮成淡淡的微黄

静，依然是静

唯有意象与场景

韵律和节奏

清姿绰约，在陶醉

把世界遗忘

这被诗温暖的冬夜

第4辑·咏
我长歌而咏

你和我

与沸腾的水

一同沸腾

时间唯分唯秒

静成美

静成魅

静成魔

静成一拥而来的

痴情的梦想

仪态万千

温润精致的

那几具美瓷

安之若素

腼腆得无法想象

那盏古老沉静的

银器，安详

唯美成无与伦比的

端庄

静，灯光下

> 透过窗户,我便看见大秦岭

参差错落的诗句

淡扫蛾眉

朴素简妆

娓娓动情

低吟浅唱

融化了巧克力的

浪漫畅想

一字一句

一节一章

沉醉了

那一盆青青的

兰香

写于 2021 年 1 月 16 日星期六

迎接春天

从小雪和大雪出发
穿越冬天的浪漫
从小寒和大寒出发
经受季节刺骨的考验
我们和岁月相伴而行
一起迎接春天

就从打扫房前屋后开始
迎接春天
给春天一个爽朗的空间
就从清理堆积的陈旧开始
我们告别从前
就从铲除枯死的藤蔓开始
给将要抽出的新枝
开辟一片蓝天

透过窗户，我便看见大秦岭

就从冲洗落下的灰尘开始
让明亮的玻璃
绽放阳光的灿烂

就从湖中的蒲苇开始
迎接春天
她已顶出平静的水面
枯了的叶子交给了过去
出水便是崭新的容颜
碧绿的蒲叶是碧绿的希望
直挺挺的叶子
如同刺破严冬的利剑

就从河边的新柳开始
迎接春天
每一根枝条
都在尽情地伸展
一天比一天
充满了生机
鼓鼓的新芽
用点点新绿

第 4 辑·咏　我长歌而咏

把春天里的中国装点

就从绿绿的麦苗开始

迎接春天

准备拔节，准备分蘖

浑身上下做着无穷的努力

不能辜负土地的那份心意

期待无声的雨水

今夜就沿着唐诗随风而来

默默地滋润

丰收的诺言

就从古老的农具开始

迎接春天

又一次焕发铁器的光芒

与土地续写

亘古不变的情缘

让工业化的农机

迈步田野

演绎土地的时尚和浪漫

点瓜种豆，播撒心愿

让阳光催生

透过窗户，我便看见大秦岭

岁月的灿烂

就从高高的塔吊开始
迎接春天
新起的高楼
靠近云天
塔吊升高着城市的向往
塔吊舞动着城市的梦幻
春天里的塔吊格外潇洒
每一片云霞
都为他做伴

就从南来北往的车辆开始
迎接春天
春天容不得一点懈怠
只有飞奔
才能不负时间
一列有一列的使命和责任
一辆有一辆的理想和信念
飞奔的车轮啊
就是飞奔的追求

第4辑·咏　我长歌而咏

春天里的中国

正在驶向春天

就从线上传输的信息和画面开始

迎接春天

神奇神速，多姿多彩

五光十色，缤纷斑斓

奋发奋力，创新创造

日新月异，如梦如幻

春天里的中国

春风万里

春天里的故事

永续不断

就从一条河流开始

迎接春天

冰雪已经消融

河水涌动翻卷

两岸已经萌发出丛丛绿色

河中的小洲

布满了春的心愿

透过窗户，我便看见大秦岭

河水倒映着树木的身影

一群大雁飞过蓝天

春天里的中国

是春天里的河流

一路向前涌动

一路涌动向前

就从已经绽开鹅黄的

迎春花开始

迎接春天

细细的枝条

已经绿成春的腼腆

早早报告春天的消息

早早绽放春天的笑脸

春天里的中国

万紫千红

春天里的中国

百花争艳

就从一群自由飞翔的鸟儿开始

迎接春天

第4辑·咏

我长歌而咏

翅膀听从天空的召唤

飞过黄河，飞过长江

飞过山冈，飞过平原

飞过草地，飞过森林

飞过湖泊，飞过稻田

翅膀感受天空的辽阔无垠

翅膀感受河山的美丽壮观

春天里的中国

是一幅壮美的画卷

春天里的翅膀

飞翔在画卷里的

春天

写于2021年2月1日

透过窗户，我便看见大秦岭

你是美丽的骑手

我是狂野不羁的
骏马
把你执着地追寻
你如箭的目光
早已射向我
不安的灵魂

你是天然的骑手
轻而易举
将我驯服成
狂野的温顺
我任你飞身
任你跃上我宽阔的背
任你双手执辔
策我驰骋飞奔

第4辑·咏 我长歌而咏

你已是美丽的骑手了
陶醉于我高傲的
温顺
我的每一缕鬃毛
都在幸福地飞扬
我醉心于飞蹄扬鬃
风中，飘你长发红裙
我欢快地嘶鸣
醉心地飞奔

我们去天边
追赶一朵朵白云
我们去远山
奔赴等待已久的森林
一路细雨蒙蒙
一路雪花纷纷
我幸福地嘶鸣
我们快乐地飞奔
你是我美丽的骑手了
我是属于你的
驯服和温顺

写于2022年1月27日下午3点30分

透过窗户，我便看见大秦岭

最幸福的事情

这个季节，最好不要大声喧哗
也不要说出春天的名字
清早出门，就和初升的太阳
自然而然打个照面
注意听一下，春风的声音
温情地掠过耳边
再听一下，树上的鸟儿在说话
用世上最纯粹的语言

这个季节，最好把繁华删去
回到满腹心事却一言不发
甚至有些失忆的村庄
准备遇见再熟悉不过的土地
还有怀春的树木和花草
春天已无处不在

即便是村头落魄的水坝

村北颓败的水渠

春天也不曾冷落

甚至，村子后面那一片

寂寞的坟冢，春天已不声不吭

如期而来，用青草和迎春花

为故人做伴

这个季节，最好一个人

清早，扛起锄头

沿着从前，走向田间

和熟悉的小草打个招呼

痴心享受一下

叫做空气的空气

再听听麦子对收成的看法

说说春风与春雨的

童话与寓言

春天是人见人爱的相好

美滋滋的感觉

胜过蜜语甜言

透过窗户，**我便看见大秦岭**

这个季节，幸福的事情好多
淋一场春雨
看一次桃花
蹲下身子在清亮亮的山涧
洗一下手
巧遇两只蝴蝶
或者举头望一队
远飞的大雁

写于2021年2月22日至24日

最好的想法就是写首诗

天快亮了
世界很静
此刻，你应该是一轮
黄灿灿的月亮
亮在我的天空
我们彼此相望
不说话
心里什么都懂

趁着天还没亮
趁着世界还这么静
整理一下昨夜的梦
最好的想法
就是给你写首诗
不说我要正常上班

透过窗户，我便看见大秦岭

只说今天一早

我有一件重要的事情

就是站在窗边

透过明亮的玻璃

朝着你的方向

做一次久久的远望

很远的远处

就是你清晰的背影

就是你转头的一瞬

那微微的笑容

趁着天还没亮

最好的想法

就是给你写首诗

不说我有多么忙

只说我今天有一件

重要的事情

就是站在窗边

透过明亮的玻璃

朝着你的方向

又做一次久久的远望

第4辑·咏

我长歌而咏

望天上一缕又一缕白云
是否可以飘到你的城市
是否可以飘到你的窗前
成为你正在望的风景
我们都不需要说话
我们只望着同一朵白云
我们只吹着同一缕清风

天快亮了
时光马上就会沸腾
趁着没有散尽的夜色
趁着将要开花的宁静
最好的想法
就是现在给你写首诗
不说我有多么忙
就说今天阳光灿烂
就说天气不会有多冷
就说你注定是
一朵白白的云
今天，会飘成我举头
便能看到的风景

就说你注定是

一只小小的鸟

飞翔在我的天空

就说你推开窗户

我注定会成为你迎面而来的

那一缕微微的清风

写成于 2021 年 12 月 1 日清早 5 点 57 分

春天送你一首诗

——写在3月21日"世界诗歌日"

就折一枝河边的新柳

当作玉簪

送给你

不说一句话

我已送给你

杨柳依依的春天

就折一枝山上的桃花

当作香囊

送给你

放在你的门前

不留只语片言

我已拥有了

桃花与人面

就折一支白玉兰
当作一朵白云
送给你
不说一句祝福
我已送给你
一座圣洁的雪山

就捉一只蝴蝶
当作一把微型的彩扇
送给你
不说天上人间
我已送给你
超越尘世的浪漫

就掬一捧山涧的清泉
当作醇醇的美酒
送给你
陶醉在春天的夜晚
月光下，任你微醺

斜躺成披着轻纱的

一幅画面

写于 2021 年 3 月 21 日夜

第 4 辑·咏

我长歌而咏

北戴河组诗

大　海

这是一个公开而隐秘的

世界

弱小的水流

某一天集合起来

拥抱在一起

你中有我、我中有你

激动形成巨浪

大笑形成波涛

这便是叫作大海的

那群古老而总也年轻的

咸涩的水流

可以那么远

可以这么近

第4辑·咏 我长歌而咏

可以那么浑

可以这么清

可以白浪滔天

可以风平浪静

一望无际

展示辽阔浩淼

深不可测

掩盖诡谲神秘

这是一片自由的领地

没有言语

却有暴怒和狂喜

没有道路

却有自由和快乐的

脚步和足迹

大和小在这里

共处

动和静在这里

默契

可以生明月

可以共此时

可以怨遥夜

可以起相思

可以天涯海角

可以落日余晖

可以燃烧成一片火焰

可以沉默成不动声色的

死寂

一个"海"字

让一大群亿万年

死缠在一起的水流

相对无言或者

欢乐无比

太多太多的故事

在水下和水上

轮番上演

没有穷期

鸽子窝公园

鸽子窝公园

看不到鸽子

一个又一个鸽子窝

第4辑·咏
我长歌而咏

是美丽的风景

鸽子透亮的眼睛

在窝里

鸽子洁白的羽毛

在窝里

鸽子的翅膀

在天空

挂满了丝丝白云

看着鸽子窝

会想到可爱的鸽子

会想到她洁白的羽毛

还有她透亮透亮的眼睛

会想到她挂满白云的

翅膀

会想到她哗啦啦飞翔的

样子

会想到好大好高的

天空

会想到那些美丽的

霞光

会想到那些突如其来的

云块

鸽子总是鸽子

她洁白的翅膀

有自己的使命

她豆亮的眼睛

有自己的光芒

遭遇一场暴雨

11点钟

黑云压城之后

便是突如其来的

一场暴动

大刀长矛

兵戈戟钺

冷兵器齐刷刷自天而降

老天怒目圆睁

将雨水生生

砸下

不肯收场

我已被彻底洗礼

淋漓尽致

我这算真正领教了

暴雨的脾气

痛快

彻底

无所顾忌地下

使劲地下

任性地下

痛快地下

孤注一掷地下

已将海拿来

倾覆

在老天面前

我只有一个选择

服服帖帖

任凭大雨劈头盖脑

久久训斥

两盆荷花

创作之家楼前的

透过窗户，我便看见大秦岭

台阶下
两边各有一盆
盛开的荷花
每天我都想用手机
拍下她
绽放的圣洁
以及同一个盆里
残荷枯黄的风雅
即使拍几十遍
荷花依旧
不为所扰
开成粉红的云霞

夜晚，花瓣收拢
荷花静静地入睡
清早，准时醒来
荷花淡对风雨变化
一盆一世界
一荷一人间
日出日落
天晴天阴

花盆知道

荷花明白

今天会静静地开放

明天就会静静地凋谢

生与死都是绝美的风景

真理就在一开一谢之中

散发淡淡的清香

一个盆里拥有的

都是不说而说的话

两棵核桃树

创作之家

我们住的楼边

有两棵核桃树

我确认，的确是

两棵

树枝与树枝相交相亲

叶子与叶子志同道合

却怎么看都像是

真真的

一棵

> 透过窗户，我便看见大秦岭

枝条自由自在

向上好像要够着云朵

向下又与大地相接

每一片叶子

都无比快乐

繁茂而果实累累

看不出两棵树

沧桑几多

让人感慨又热爱无比的

两棵核桃树

长得如同一棵

叶子这般自由

枝条那般洒脱

自由洒脱成

让我们仰望的

一棵

写于2019年8月7日（农历七月七日七夕节）
至8月8日（农历七月八日立秋）

第5辑

吟

我畅怀而吟

2017，我有一个梦想

2017，我有一个梦想

梦想我的村庄

像从前一样

热闹繁忙

村头的学校

像从前一样

书声琅琅

土地还是那么朴实

庄稼还是那么茁壮

村头的水渠

是从前的模样

不时会有一渠水

欢快地流淌

2017，我有一个梦想

水是清且涟漪
山是青翠叠嶂
城市不再疯长发胖
条条道路都是一路通畅
你微笑得自然生动
我幸福得有模有样
我们虽然免不了苦恼
却可以互诉衷肠

2017，我有一个梦想
蓝天蓝得让鸟儿留恋
白云白得让心灵向往
劳动者的每滴汗水
流淌着自豪
阳光照不到的地方
有爱的光芒
照亮

2017，我有一个梦想
海浪已经平静
难民搭乘的船

都平安入港

那位海滩上永远睡去的孩子

不再受惊吓煎熬

祈愿他幼小的魂灵

睡得很香很香

地球上饥饿的人们

不再为一粒粮食

而祈求上苍

不同肤色的姊妹兄弟

都自由绽放着

生命的光芒

2017，我有一个梦想

地球平静安宁

鸟儿自由歌唱

没有霸权

没有歧视

没有屏障

枪炮失声

子弹断气

人类一切的痛苦

已经入库归档

点点弹洞

成为对从前

懊悔的联想

2017，我有一个梦想

我的祖国气清天朗

我们一起撸起袖子

用汗水和智慧

为祖国的大厦

立柱架梁

钢铁的炉火更红

矿井欢快地

翻滚着煤浪

石油以新的方式

滚滚流成河

中国的精彩

在太空自由徜徉

新理念在发芽开花

新土壤在传送能量

新制造在飞快露脸

新智慧在飞速生长

我们可爱的祖国

一切在日新月异

微信传递着

一个又一个

飞扬的梦想

微博展现着

一个又一个

独特而生动的形象

3D打印

打印出祖国

最新的模样

云计算

计算着最新的

中华彩章

2017，我有一个梦想

一群白鸽飞向蓝天

从祖国飞向地球的

四面八方

我们人类是一家人

再湿润
让天地一股脑
湿润到底
平仄在每一根枝条上
展露
韵律在每一湾湖水中
荡漾
诗意
遍布天下

行走在这个季节的人们
已被湿润得
梦想遍地
只静心等待
洁白无比的玉兰
开口
只静心等待
万紫千红的百花
吟诵
只静心等待
南国的稻子和

北国的麦子
舞蹈与歌唱

写于 2019 年 2 月 14 日
第一场春雨

透过窗户，我便看见大秦岭

2020，我们共同祝愿

岁月就是这么快

总以为很远很远

不经意就在眼前

2020年的台历放在桌面

心中的浪花不断翻卷

"再过二十年，我们来相会"

歌声还萦绕在耳边

时光却早已不似从前

日新月异不是什么神话

天翻地覆也并不是梦幻

岁月就是这么快

站在2020年第一天

雪花覆盖的脚印

连接着从前
鼓鼓发芽的枝条
在眼前无拘无束地伸展

2020，我们共同祝愿
大山里的阳光再不稀疏
高原上的道路广阔无边
农家的院子洒满爽朗的笑声
房前屋后还是你我的童年

2020，我们共同祝愿
泥土的味道依然醇厚
炊烟的感觉总也新鲜
村庄的巷道还是当初的曲折
乡愁是扯不断的那根丝线

2020，我们共同祝愿
塔吊是城市最美的舞者
车轮旋转着飞快的舒坦
风雨记下快递员的背影
送外卖的小哥与星光一同灿烂

> 透过窗户，我便看见大秦岭

2020，我们共同祝愿
炉火不息冶炼着美好时光
铁水奔腾流淌着钢铁风范
每一个日子依然激情燃烧
今天的一分一秒都在把明天冶炼

2020，我们共同祝愿
每一块煤炭都怀揣着梦想
时刻准备燃烧成熊熊火焰
岁月注定有寒冷的日子
甘愿做一块黑色的煤炭

2020，我们共同祝愿
世界没有疯狂的子弹
难民的船只不会被海浪掀翻
世界没有恐怖和不安
儿童和妇女不再与泪水相连

2020，我们共同祝愿
善良可以开成万千花朵

美德可以成为星光灿烂

我们都是今天的奋斗者

要为明天刻下忠诚的誓言

岁月就是这么快

2020 年就在眼前

是春天到春天的距离

是花开到花开的时间

是耕种与丰收的相连

是月缺到月圆的美满

明天必是崭新的今天

今天正在通向灿烂的明天

我们共同祝愿

写于 2019 年 12 月 31 日午夜

2020，这一年

一生中，有无数的这一年
我们习惯了
春天就是花开春暖
冬天就是雪花漫天
我们习惯了
天地轮回
自然而然

可是，2020这一年
实在不平凡
这一年很长
长过了一生
这一年很短
如同瞬间
我们经历了太多的

意想不到

突如其来

我们感受了太多的

人间悲欢

大爱如山

我们拥有了太多的

骄傲与自豪

我们的心中升起了

太多的神圣与庄严

2020，这一年

疫情突袭

举国抗疫

生与死的争夺

就在分秒之间

正与邪的较量

检验着每一个人的是非判断

无数动人的场景告诉我们

大爱就在人间

英雄，其实就是

常人中的常人

透过窗户，我便看见大秦岭

平凡中的平凡

无数的事实告诉我们
人民至高，生命至上
这是共产党人
说到做到的信念
没有硝烟的硝烟告诉我们
家是国的家，国是家的国
我们是国家的力量
国家是我们坚实的保障

2020，这一年
南方洪灾泛滥
关键时刻，是人民警察
把老人和孩子
背上救命的小船
危难时刻，是人民消防
洪水中抛出了救人的绳缆
紧急时刻，是人民子弟兵
筑起了保护人民生命的
坚固堤岸

人民，人民

生命，生命

这是 2020 年中国最热的词语

这是年度关键词中的关键

2020，这一年

四川大凉山昭觉县的"悬崖村"

成为"网红"

小小的彝族山村

告别了贫困的从前

上山的 2556 级钢梯

成为绝美的风景

下山的万丈深渊

成为旅游者惊险的体验

历经脱贫攻坚

中国大地

彻底告别了绝对贫困

这惊世的伟业

让世界刮目相看

2020，这一年

"嫦娥五号"潇洒地去月球会面

三十八万公里太空远行

一路云雾霞光

一路梦想灿烂

挖土打包，采样封装

自动交会，无人对接

中国智慧在登月中

尽情展现

点火、落月

展旗、采样

二十三天的场景，是二十三天的骄傲

二十三天的飞行，是二十三天的壮观

二十三天的历程，是二十三天的精彩

二十三天的往返，是二十三天的浪漫

两千克的月壤

是两千克的标志

中华民族圆月的梦想

无比圆满

2020，这一年

地球并不平静

世界充满挑战
"新冠"病毒
是人类共同的敌人
百年未有之大变局
在加速演变
站起来的中国
不容欺负
强起来的中国
勇往直前

2020，这一年
我们似乎把一生一世
浓缩在了一月一年
我们经历了没有硝烟的战斗
我们见识了突如其来的灾难
我们从心里懂得
家与国丝丝相牵
我们从骨子里明白
国与家紧紧相连
家国情怀就是
无数的加油和感动
家国情怀就是

关键时刻

你和我挺身而出

心甘情愿

一生中，有无数的这一年

2020这一年，真的不平凡

我有许多话

说给大地

也有许多感慨

告诉蓝天

生活的土壤

生长着真理

岁月的艰难

磨砺着信念

2020，我会把它刻进记忆

2020，我会把它铸成誓言

告别2020——

我的中国

我的中国身披万道霞光

一路阔步向前

写于2020年12月29日至31日凌晨

2021，我们共同经历

带着春风的嘱咐

带着春光的希冀

2021，我们共同经历

这一年，我们又一次翻开

党史厚厚的书卷

重温共产党人百年奋斗的足迹

又一次回眸曲折坎坷的历程

又一次回味流血牺牲的含义

又一次回首波澜壮阔的画面

又一次回望辉煌不朽的壮丽

我们更加懂得

"人民就是江山，江山就是人民"

共产党人一刻也不能

和人民脱离

我们更加铭记

实现中华民族伟大复兴
就是共产党人百年奋斗的
神圣主题

带着夏雨的豪情
带着夏风的笑意
2021,我们共同经历
我们把百年奋斗的艰辛和曲折
汇聚成天安门广场的
灿烂无比
我们把百年奋斗的辉煌和荣耀
汇聚成迎风飘扬的
中国诗意
7月1日,天安门城楼伟大的声音
传向千里万里
我们向世界庄严宣告
中国全面建成了小康社会
历史性解决了绝对贫困问题
正在向着第二个百年奋斗目标
阔步迈进

带着秋叶的斑斓

带着秋风的情意

2021，我们共同经历

我们第一次有了自己的太空家园

我们和满天星辰如此亲密

中国自己的空间站

在太空闲庭信步

中国航天员成功出舱

对亿万星辰微笑致意

中国空间站首次太空授课

天地互动，如同咫尺距离

我们看到了太空世界的神奇

我们触摸了辽阔宇宙的秘密

我们要去看望月球与火星

带去东方大国的深情厚谊

带着冬雪的梦想

带着冬日的朝气

2021，我们共同经历

一次伟大的会议

将百年奋斗的历史

凝结成闪光的《决议》

"两个确立"包含着

无比深刻的意义

在民族复兴的征程上

我们更加自信豪迈

在建设社会主义现代化强国的道路上

我们踏石留印

把汗水凝固成

一个又一个

坚不可摧的坚毅

怀着敬仰之心

带着崇敬之意

2021，我们共同见证

"七一勋章"和"共和国勋章"获得者

接受党和人民的褒奖

红红的地毯

铺展着一个大国

对自己英雄的敬意

人民大会堂金色大厅

雄壮的《忠诚赞歌》乐曲响起

党和人民对属于自己的英雄

给予最崇高的致礼

他们的事迹平凡感人

他们的名字光彩熠熠

他们和牺牲奉献紧紧相连

他们和奋斗创造融为一体

他们是党和人民的功臣

功盖天地

他们是共和国的脊梁

历史会深深铭记

胸怀骄傲之情

昂首自信之力

2021，我们共同经历

"天和"升空

"天问"奔火

"羲和"探日

中国人创造了一个又一个奇迹

我们记下了——

6月17日18时48分

航天员聂海胜、刘伯明、汤洪波

先后进入天和核心舱

中国人首次入驻自己的空间站

我们自豪无比

透过窗户，我便看见大秦岭

我们记下了——
5月15日7时18分
火星乌托邦平原
迎来了中国的访客
"天问一号"着陆器
稳稳地降落在
火星这神秘之地
我们骄傲无比

我们记下了——
10月14日
"羲和号"成功发射
开启了中国探日之旅
我们要走近火红的太阳
送去中国人探索科学与真理的
智慧和情意
我们自信无比

难忘啊，2021
从春天里出发
我们经历了风雨雪霜的四季
百年变局，世纪疫情

自然灾害，洪水袭击

我们与突如其来的灾难搏斗

我们直面变局中的各色压力

我们伟大的民族

是泰山压顶不弯腰

自有铁骨铮铮的骨气

我们可爱的中国

是长城万里有雄姿

蜿蜒曲折中展示不屈的壮丽

"如果信念有颜色

一定是中国红"

如果力量有表情

一定感天动地

2021，我们共同经历

每一个奋斗的中国人

都留下了奋斗的足迹

每一个逐梦的中国人

都是一样的灿烂美丽

写于 2021 年 12 月初至 12 月 22 日晨

喜欢这些不起眼的东西

1. 幸福的蚂蚁

在一个秋天的下午

蹲在村北头的土坝上

我已把世界遗忘

看一群蚂蚁在奔忙

他们小小的窝里

没有一丝光亮

出出进进，安安静静

尽是快乐和安详

不管这世界有什么变化

也不论世事有什么沧桑

不问白天还是黑夜

也不管是太阳

还是月亮

蚂蚁只怀揣自己的梦想

出出进进

忙忙碌碌

安安静静

只专心在自己的世界

幸福地奔忙

幸福地奔忙

满身疤痕的桐树和杨树

就在身旁

垂垂老矣的柿树

就在不远处的土梁

远处堆堆墓冢

沉默地等待

每天下坠的夕阳

坝里清亮亮的水

不知道什么时候

成为一片干裂的向往

每一条裂缝

都是鱼睁着的圆圆的眼睛

从前早已被蒸发

小草很快乐
我不知道

我料定我已经很傻了
傻得不知道
路边的小草
有多么美好
傻得不知道
小草平静如常
风来的时候
它在微笑

3. 安静的蜗牛

我很想抚摸一下你
却没有这个胆量
再强大的人
也有胆小的时候

我佩服你的执着
多么安静的执着
不需要风雨兼程
也不需要风花雪月

只活成一种独有的安静
安静得忘记了自己的心跳
只是执着地前行
沿着自己的路
把岁月掩埋在
不改初衷的
平静执着里

该停就安静地停下来
该走就安静地向前去
不管天地有多大
只安静执着地
顺着自己的心
前行

4. 绿绿的苔藓

让我再抚摸你一下
抚摸一种心态和真理
在阳光的背面
才能够如此地
绿

透过窗户，我便看见大秦岭

绿成一种真实的存在
绿成一种绿绿的
力量

让我再抚摸你一下
抚摸一种温柔与刚强
我能感受到你
根的执着和倔强
浅也可以成就深
生命没有深浅之别
有的只是软弱与坚强

阳光的背面
有另一种阳光
苔藓
让我抚摸你一下
让我素面朝天
躺在你之上
做一次长长久久的
闭目遗忘

写于2019年6月1日柞水返西安途中

我们和岁月不说再见

和岁月不说再见
让过往的春花一直在开
让过往的夏雨一直淋个痛快
让过往的秋叶一直把岁月覆盖
让过往的冬雪把沧桑装点成洁白

和岁月不说再见
我们依然可以懵懂幼稚
我们依然可以痛快号啕
我们依然可以多愁善感
我们依然可以大笑开怀

和岁月不说再见
就让时光无声地停下脚步
就让时间默默地停止钟摆

> 我们与斑驳一同斑驳
>
> 我们与尘埃一起尘埃
>
> 我们和岁月永不说再见
>
> 也不把过去当作回忆的念白
>
> 即使只是一片雪花
>
> 也要轻扬成洁白的精彩
>
> 即使只是一颗雨点
>
> 也要潇洒地融入大海

写于 2018 年 12 月 31 日中午

新的一天，就是春天

清早起来

窗外，雪花漫天

如栀子花开在眼前

空气清冽

雪香淡淡

山川宁静典雅

大地洁白超凡

旧梦已经散去

昨日时光已收归厚厚的词典

此刻，每一片雪花都是天使

舞动，歌唱

浪漫，飘飘欲仙

远处的秦岭

苍茫中氤氲着庄严

新的一天，就是春天

透过窗户，我便看见大秦岭

新的一天

是一树寒风中的蜡梅

把轻轻覆盖的雪

悄无声息地点燃

是万物轮回契合的绝美时刻

是天地凝神屏息的那个瞬间

蜡梅完成了又一次自然造化

燃烧，绽放

对岁月说

我是严寒中的一簇火焰

我属于新的一天

新的一天，就是春天

新的一天

是冰融雪消的一条大河

欢快流淌，水波潋滟

九曲回肠，曲折蜿蜒

浪花歌唱着灿烂的时光

河水浸润着斑驳的河岸

我与每一丛蒿草相濡以沫

我与每一棵蒲苇生死相伴

一起从春天里出发

与雪花相见

一起从冬天里出发

与鲜花会面

我流向天边的云霞

流过郁郁葱葱的山川平原

我属于新的一天

新的一天，就是春天

新的一天

是舞动着的群山

又一次开始蓬勃

又一次开始葱茏

云蒸霞蔚，叠嶂层峦

鸟儿歌唱着宁静

蝴蝶轻舞着萌发的浪漫

蛰伏的山啊

涌动着碧绿苍翠的波澜

开始又一个轮回的壮美

开始又一个轮回的梦幻

我是昂然挺立的风景

透过窗户，我便看见大秦岭

我是岿然不动的壮观
我在岁月中静守
我在永恒中变幻
我属于新的一天
新的一天，就是春天

新的一天
是南方的秧苗和北方的麦子
现在是动身起步的时间
借助阳光雨露
借助和风细雨
沿着唐诗宋词的平仄和韵律
不舍昼夜地赶路
不辜负根的努力和奉献
我是挂满露珠的庄稼
我在追逐着颗粒的饱满
我属于新的一天
新的一天，就是春天

新的一天
是第一缕春风

在和煦温馨中

刷新着天地万物的画面

赤橙黄绿青蓝紫

我们一起绘出

春天里的万里河山

挥毫写意，神韵万千

春风是我们共同的朋友

我们一起绘成春天的画卷

我的家乡

已是春天里的家乡

我的祖国

已是春天里的江山

新的一天

属于我可爱的家乡

新的一天

属于我亲爱的祖国

新的一天，就是春风春雨里

生机勃勃的春天

写于 2022 年 1 月 25 日农历腊月二十三

春天，是忘我的季节

春天，是忘我的季节

顾不上左顾右盼

天地万物可着劲儿

静静地酝酿，静静地变幻

冷酷与寂寞终于退场

美好就在一个早晨而来

蓦然惊叹

小小的花骨朵使劲地鼓出来了

小小的芽芽急切地把头向外探

世界好似不声不吭

那些醒得极早的鸟儿

早已感知天地之变

无所顾忌，把看似体面的安静

叽叽喳喳叫翻

一缕温馨可人的风吹来

春天便飞起来了

老成持重的目光只有陶醉和仰望

这个季节

可以舒畅地笑，开怀地歌唱

可以跑步，或者在草坪上打滚

可以站在一块石头上

用磨砺过的目光

打量稍纵即逝的时间

一场潜入夜的雨，文雅腼腆地落下

春天便轻捷地走了过来

那些漂亮的诗句已经老成古典

吟唱已是多余

此时，最舒服的感觉

就是让叫作春雨的春雨

慢慢打湿自己

在这温文尔雅的雨水面前

灵魂已经俯首称臣

成为风，成为雨

成为层层涟漪的湖面

透过窗户，我便看见大秦岭

春天，是忘我的季节

蚂蚁有蚂蚁的繁忙

骏马有吃草的安闲

燕子在浩瀚中启航

鸭子陶醉地把头扎入水中

或是昂首对着天空自由自在地发言

一切都在执着于新的出发

天地万物不负春光

娴熟地绘一幅春天的画卷

春天，实在是忘我的季节

挖第一把荠菜

便感受了春天生生不息的本源

摘第一把嫩绿的香椿

便领受了春天的新鲜

采一篮薄薄鲜鲜的榆钱儿

便采到了稚气未脱的童年

捧一掬属于这个季节的山泉

便有了入骨入髓的春天的甘甜

饮一杯青绿青绿的明前茶

便走进了溢满茶香的

淳淳鲜鲜的春天

写于 2023 年 3 月 11 日

第 5 辑 · 吟

我畅怀而吟

后 记

编好这本诗集，已是2022年的深秋。从2021年冬着手，收拢稿子，分类汇集，交给出版社。二审稿拿回来，因忙于其他俗务，一放便不知不觉半年了。当再次翻开清样，一一审读自己的这些作品，只觉得它们已经历了冬雪、春风、夏雨和眼下的秋叶。应该说，岁月又让这些作品感知了一次时光匆匆。

当我要再次一一校对和整理这些熟悉的作品的时候，又一个春天已经洋溢在花香里。我不得不感慨，时光无语，却总是匆匆，不知这其中又丢弃和遗落了多少人和事。

这本集子收录了我近年来的作品六十余首（组）。绝大多数都是已公开发表并为喜欢的读者所熟悉的作品。其中，部分作品是应有关报纸副刊和广播电台相关栏目之约而创作的。集子中的部分作品因为多位著名朗诵艺术家的精美朗诵而得以更好地传播；还有几首作品幸得朗诵艺术家的偏爱而不时在各种演出舞台上被朗诵。这实在是我和我的作品的幸运。我从内心感谢海茵、刘远、董少敏、陈洁、包志坚、赵冬安、凌江、晓河、周春晓、赵妍、岳玲、朱咏东、王芳、樊强、李翔、郑凯、邵卫青、杨枫等朗诵艺术家，以及张弢、清晨、雨涵等朋友的倾情朗诵、精心录制和辛勤付出！是这些令我尊敬的朗诵艺术家和热爱朗诵的朋友们成功的二度有声创作，才使得作品有了声音的色彩，有了立体感，有了震撼心灵的穿透力和冲击感，如此，作品也才显示了应有的感染力。我不能不说一声：深谢各位朗诵艺术家和从事朗诵的朋友们！这里，我还要特别提到陕西融媒体集团播音指导、著名播音主持人、朗诵艺术家陈洁老师，是她第一个将我的作品介绍给省内的朗诵艺术家，是她最早组织多位朗诵艺术家录制朗诵了我的多首作品。正因如此，我的作品才能够与朗诵艺术家们结缘，被赋予了声音的艺术价值和独特感染力，也才得以更广泛地在读者和听众中传播。我由此更加确信，朗诵需要好诗，好诗更加需要朗诵，朗诵是诗歌通向大众心灵的精美桥梁，是联接诗歌与读者的最好纽带。

　　诗是什么？我写出来的这些分行的句子是诗吗？学写新诗的几十年中，我不由得总会做这样的自问。

也许这是每个写新诗的人都会有的必然思考。前不久，一次闲聊中，谈及新诗创作，著名诗人商子秦先生回忆说，"七月派"诗人胡征曾经说过，写诗大多要经历几个阶段，开始写的是形式的诗，下来写的才是生活的诗，再下来才是艺术的诗。对此，我深以为然。我觉得，无论如何，艺术的诗总是要以生活为前提和基础的。艺术的诗绝不是所谓聪明的诗人闭门造车或者苦思冥想所能得到的。因为诗说到底是生活的产物，是诗人敏锐而敏感的心灵对生活特殊的诗化的感知之后，加以提萃、结晶的产物。

诗是什么？就是以极具个性化、形象化和极具感染力、冲击力的有节奏感的语言组合，表达对生活深沉而深情的思考。诗，本质上就是把对生活真诚、真实、真切、真正的情感加以形象化的集束表达。诗是语言的艺术，这只是从诗的外壳和形式上而言的。从根本上说，诗更是对生活的真实情感个性化、形象化的集束表达的艺术。有多少诗人，就有多少种诗的写法。但，即便是有一百种、一千种写法，诗的本质要素则应该是毫无二致的，这就是：正确的立意、真实的情感、妥贴的意象、完整的造境、动感的节奏、恰当的词句。这些要素在起承转合中的完美组合，就构成了一首诗的模样。

诗是神圣的。从造字上说，"诗"由"言"与"寺"组合而成，由此，我觉得，诗应该是"寺中之言"，也就是于寺庙中说予神听之言，当然充满着一种神圣感。"言"是什么？言为心声。说给神的话，当然必须是心声，是发自内心的话，是真诚、真实的话，而不应当是虚妄之言。所以，写诗心必诚，言必真。情真方能意切。诗的神圣就在这里。

　　诗又是平易的。诗人党宏是我的挚友，一次，我们聊诗的创作，他直言说，"大白话就是好诗"。对此，我同样深以为然。这里说的大白话，当然是按照诗的创作要求经过淬炼和提炼后具有诗意诗味的话，是能够看明白、听明白的大白话，而不应该是黑话、咒语，甚至是呓语，也不应该是秘如暗号的晦涩的话。诗，是人写出来的，也是写给人的，理应是看得明白、读得顺当、听得清楚的话。一句话，诗应该是平易近人的语言艺术，而不应该是脱离生活、脱离读者的高高在上的艺术。

　　诗人是神圣的称谓。我打心里觉得自己只是一个写诗的人，而远不是诗人。从写诗的人到诗人，期间有一段漫长的路，我是尚在途中的赶路人。在新诗创作的道路上，我执着地前行，遇到分岔路口，我会冷静地问路，问他人，问自己。最根本的是问心灵，问生活，问艺术。因为，我相信，心灵不可欺，生活不可违，艺术不可辱。此刻，我想起了习近平总书记对文艺家的忠告："生活就是人民，人民就是生活"。毋庸置疑，新诗应该源于生活，应该反映人民的喜怒哀乐。

这本集子能够顺利出版，其中凝结了不少人的辛勤付出。我感谢著名诗人商子秦先生于百忙之中作序。多少年来，他对我的创作一直给予关注和鼓励。在这个集子的序里，他对我的创作给予了超越作品本身的肯定，这让我内心很是忐忑，我深知，无论如何我是担待不起商先生对我作品的评价的，我只当是对我的鼓励和期待。我感谢党晓绒和张馨月两位编辑对这个集子出版所付出的心血。特别是责任编辑党晓绒，她对每首作品专业而精到的修改审定，令我钦佩。我还要感谢本书封面和版式设计任羽辰，他独到的设计，让这个集子有了不同一般的美感。王其祎先生是我的大学同舍，他秀美的封面题字，为书增色不少。最后，我要感谢我工作时的同事闫海建等同志，他们帮助我把作品收集归类，付出了不少辛苦。我的朋友韩效祖先生也为本书的出版付出了辛劳。这一切，我致谢于心。

写于 2022 年 11 月 17 日
修改于 2023 年 3 月 28 日